Crescendo 此岸，彼岸

［美］艾米·魏斯 (Amy Weiss) ◎著
徐怀静 ◎译
王秋实 ◎校译

华夏出版社
HUAXIA PUBLISHING HOUSE

死亡只是你将学会重要一课的一次体验：
　你不能死去。

　　　　　　　　——帕拉宏撒·尤迦南达

曾经——

曾经在时间之外——

在神秘的湖畔，伫立着两个银色的灵魂，商榷着该如何转世。

第一个灵魂说："在下一世，我们该如何相爱？像兄弟般？像情人般？像邻里那样？让我们做老朋友或者昔日的恋人。或者你可以是一匹狼，而我是激发你歌唱的月光。"

"我渴望能再次成为你的丈夫。"第二个灵魂说。因为正是在这里，婚姻得以缔结。在肉身相遇之前，灵魂就已求婚。

"那我愿意成为一个女人，而且我愿意做你的妻子，"第一个灵魂说，"或者我愿意成为一棵橡树，或一只小鸟，或成为小鸟啼唱的咏叹调。"

愿意转世为丈夫的灵魂笑了："为什么不选择转世成为这一切？"

"我将为你点燃蜡烛，你将看破黑暗。"愿意转世为妻子的灵魂说。

"我也将如此。"丈夫回答。

"我可能会有一个孩子。"妻子说。

"如果那样的话，你将会学到很多。"

"我可能会失去一个孩子。"

"如果那样的话，你也将会学到很多。"

第三个灵魂听到这些对话，俯冲了过来。它用自己的翅膀充满爱意地拥抱住了那个将要成为它母亲的灵魂，并再也不愿离开它母亲的灵魂。

一个水银般的灵魂驰骋而过，迅疾如电。它将转世为一匹马，因为它有着渴望运动的精神。而且它将残疾，因为它的精神总是渴望迅捷地奔驰。

这四个灵魂处于完美的和谐之中。

丈夫问妻子："你觉得怎么样？"

她注视着爱她的丈夫、他们将拥有的那个婴儿、那匹将使他们的生活充满动荡的母马。"就像一个美丽的四重奏。"她说。她知道，他们中的任何一员，在任何时候，都可能改变现有的曲调，创作新的乐章。

女人凝视着深深的湖水，倾听她身体内正在生成的旋律。她的生命将充满张力，因为一棵橡树就是如此生长的；她的生命将充满课程，因为灵魂就是这样成长的；她的生命将充满爱，因为我们就是这样成长的。而且她的生活，将和我们所有人的生活一样充满奇迹，因为没有什么能够比生命本身拥有更多的奇迹。

在未来的某个时候，我们将失去这些记忆，如同水流将它们冲走一样。多么希望我们能够得到提示，能够想起我们来到这里所弹奏的那一首乐曲——

目录

第一课	前奏	1
第二课	挽歌	11
第三课	哀歌	25
第四课	拍号	39
第五课	从头到尾	53
第六课	二重奏	71
第七课	主题与变奏	83
第八课	附点音符	93
第九课	弦外之音	113
第十课	摇篮曲	119
第十一课	高八度	129
第十二课	插曲	149
第十三课	渐强的乐声	159
第十四课	创作	179
第十五课	终曲	195
第十六课	重奏	203
读者指南		209
致　谢		213

第一课　前奏

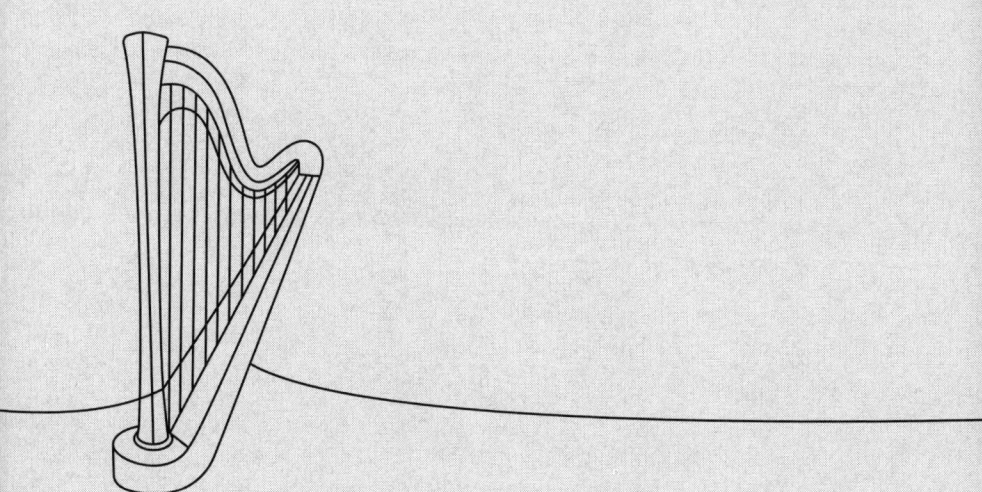

创作音乐是一门艺术。本书将在这一过程中指导你如何创作音乐。

本书将借助多种练习和原创作品展示十六个理论、技术、形式。掌握了其一，你将会掌握其二。或者，你可以选择停留在原地。

尽可能复习并练习每一部分的内容，直到熟练为止。有些技巧在瞬间就能被掌握；有的却需要更长的时间。请你以令你自在的速度前进。完成这一课程并不需要任何固定的时间表。

根据你的乐器调换乐曲，忽略任何听起来不和谐的部分。

让我们开始吧。

乐谱在等着女人演奏，女人拂去上面的灰尘。手写的五线谱是细长的，上面散落着音符。她尝试性地哼唱起这些音符，她的手指在空中弹奏。尽管她需要一把竖琴才能将这些音符演奏为乐曲，但她已经听到了那富丽的乐声。

母马站在女人身边，在嘴里慢慢咀嚼着一块方糖，好奇地注视着女人。女人也充满了好奇。干草里藏着怎样小小的课本？多少次她曾为照料母马受伤的腿而匍匐跪下，却没有注意到它？她询问母马这些问题，它应该见过有人在马厩里阅读，可实际上它的眼睛什么也没看见。

一段旋律向她飘来，仿佛是光，不是来自她的书，而是来自她的丈夫，就像光一样。她的丈夫，栖息在太阳下的干草堆上，抚弄着吉他，琴弦间流淌出金色的旋律。

她向他走去，在他身边坐下。他的一条腿上放着吉他，另一条腿靠着她。"这是你的书吗？"她问道，"我刚在马厩里发现了它。"

他瞥见书的封面——《音乐课》，作者匿名。打开书，翻到眼前的这一页。"没有，我的小鸟，我从没有见过这本书。"他说道。她也没见过。当她闭上眼睛听他弹吉他时，却有一种奇怪的感觉，也许这不是真的。接着，旋律变得忧郁、陌生，主旋律变为小调——仿佛悲伤可以被认为是小调，然后这种感觉随着乐声消失了。丈夫将书放到地上。他的双臂曾抱着吉他，现在拥着的只有她。

"太悲伤了，"他说，"给我唱一首情歌吧。"

好像她倾吐的每一个词都不是情歌的词。好像她看着他的方式与眼神，他为她卷发的双手，他的脸颊贴着她的脸颊，这些都不是情歌。她的腹中升起一首爱之歌，在这首歌应该升起的时候。这首歌在她的身体内越来越强大。仿佛每一次他凝视她的时候，他不是在阅读她脸上的音乐。他们就这样在静寂和声音中交流。暮色中，他们在谷仓里弹奏同一支曲子，她的竖琴讲述着藏在她心里静寂、真实、赤裸的事物，而他的吉他分享着他自己未曾有意识的秘密。他们交谈到深夜，他们的话声变为摇篮曲,让躺在近旁的母马进入梦乡。它的梦中充满欲望、公马和上帝。

她丈夫声音的激烈、眼神的激励以及他的孩子在她腹中的激烈,强大到几乎将她的灵魂推挤出她的身体,而他的灵魂,正在那里等她。爱可以是强烈有力的,身体几乎不能承受,但是在那样的压力下,满心快乐。

"给我唱一首情歌吧。"他又对她说,侧身依偎着她,他的头靠着她腹中的孩子。女人笑了,因为她所会的都是情歌。

她认为自己不能按捺住欢乐。她丈夫将紫丁香放入她手中,将紫罗兰插在她耳后。房屋旁长满了野花。为了婚礼,她将他们的祖先编入她的发辫。在那一天,他俩成为一体:他就是她,她也就是他,他们是复数,也是单数。一个令人陶醉的谜语。

她走进厨房的水槽,想为紫丁香浇水解渴。他走在她身后,双臂抱着她的腰,细嗅她的颈项。当她转身亲吻他,一个强大的涌动突然来临,一道火焰突然迸发,然后是虚无,没有任何痕迹可以寻觅。一切都是黑色和静寂的。女人怀疑自己是不是已经死去,死亡的原因是爆发的极乐和亲吻。然而她没有死去,

第一课 前奏

她还充满着活力,死去的是她的房屋,它的灯光熄灭,电流的低频噪音静止。夏日的热流不再任意流动,它悬置着,固化在孩子身体开始和丈夫身体结束的空间。

没有灯将黑暗驱赶,夜色降临,将他们的家园笼罩。黑夜弥漫视野,黑夜浸透一切。

丈夫也处于黑暗之中。女人看不见他,但能感觉到他。她在黑暗中伸出双手,就在身旁,找到了他。零距离——它是爱情的许诺,爱的力量。

紫罗兰从她的耳后掉落,没有人看见,除了腹中的孩子。孩子正同样从自己的世界观看着一切,那里和这里一样黑暗。腹中的孩子倾听着阴影从窗户溜入,穿过房间时升起的音乐。

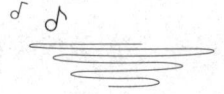

空中传来母马的嘶鸣。

"它的腿。"女人说。

"你快去,"丈夫说,"我几分钟后与你会合。我先去检查电路保险盒。"

一切很紧急,她必须去照顾母马,而他必须看好房子。但他们谁也没有动,都选择待在原地,让寂静继续。女人将头靠在丈夫胸膛上,倾听着他心脏的悸动,虽然她不想听。这种心跳的声音被认为是一种慰藉,以完美精确的节奏,让人确信一切都是鲜活的。她腹中的生命也在告诉她这件事。但那样会把节拍器误认为是音乐。女人不觉得那是安慰,那是缓慢稳定地朝向死亡的滴答声,那是一个不可逃脱的提醒:有一天一切将终结,就像节拍器的终止。她双手抚摸着自己的腹部,努力驱赶走这样的念头,并告诉自己,她的家庭正在开始,而不是走向结束。

她转身离开他,找到了柜子并拉开下面的抽屉,摸到了里面的蜡烛和火柴。尽管在伸手不见五指的黑暗中很难,但她终于点燃了火焰。她丈夫的轮廓神奇地出现了。笼罩在火光之下,他是多么俊美啊,仿佛天人。他眼中的光芒,也是她心中的光芒,那小小的柔和的光芒令她惊讶。

他深情地亲吻了她最后一下,然后走向阁楼,烛光照着他的路。她在他身后。为了给丈夫照路,她把蜡烛留在房子里。她自己并不需要火。她能跟随萤火虫、星星以及母马的嘶叫。

母马的嘶叫声又传来,并且更加痛苦。她加快脚步穿过厨房,奔向谷仓,身后的门砰地关上了。她瞥见一束亮光。她告诉自己说那只是一只萤火虫。

那不是一只萤火虫,那是一朵火花在飞。

电线短路了。过于烦琐的线路,开关故障。她以后会对这些错误,以及每一个错误追究。不过,它们本身无错。这

第一课 前奏

取决于她。

关门的力量比不上爱的力量。它无法将灵魂从身体里推走，但它能将蜡烛吹倒。火焰咬了桌布一口，发现很美味，就将桌布全部吞噬。它的胃口愚蠢而且对一切不加选择。桌子、窗帘、房子、丈夫……所有都被火舌吞没。

女人对此毫无意识，因为当火焰舔舐丈夫试图修复的电线时，她正在谷仓。房子在火焰中噼里啪啦，带着过去未曾展示的力量。她俯身在马厩里。她将手放在马的腿上，抚摸马腿的每一个部分，而她的房子正分崩离析，再也不能承受任何重量。当房屋轰地坍塌，她跑出来。她并不知道发生了什么——但随即很快明白发生了什么，而且将永远无法抹去这段记忆。她听见了她丈夫的死亡，以及房子的死亡。他燃烧的声音，打开身体的声音，改变形状超脱的声音。她只看见烟，但并未看见在它上面袅娜飘升的灵魂之羽。

萤火虫和星星在远方为他引路。

刹那间，她的灵魂也脱离了她的身体，至少她是这样感觉到的，当她朝着她曾经的家奔去时，奔向她曾经的丈夫——而他已经踏上他在夏日的天路之旅。如果她仍然在马厩里，她将会感觉到自己的腿像母马那样虚弱无力。每一次她想奔跑时，腿都无力，很快就无法在草丛中移动。她突然想到这是她噩梦中发生的事情。夜晚、母马——甚至字词都不复存在。

这就是一切，她告诉自己，一个噩梦，不可能是真的。她随时都可能醒来并发现，她房子断电后的一片漆黑只是她坠入睡眠的梦境。当梦中的痛苦太剧烈，眼睛将睁开，血流将如电流般加快，然后释然。但是没有电，不是她没有睁开双眼，而是她睁开的眼睛看到了什么。

她的灵魂在刹那间离开了自己的身体。她丈夫的灵魂永远离开了他的身体。他们并不是绝无仅有的。

婴儿的骨骼能承受爱的压力，却不能承受生命的痛苦。正因如此，婴儿们需要时间成长。母亲的痛苦让婴儿的骨骼形状扭曲，母亲的眼泪以无形之口啃咬着她。还有比悲伤更能给出生的婴儿带来缺陷的吗？孩子不应该受到责备，房子已经不复存在，父亲也离去，很可能母亲也将离去。她熄灭了自己生命的火焰，不像父亲那样轻柔的一缕，而是草地上的红疹，比火的颜色更深更暗，和火一样炙热。

是浓烟让女人失去了知觉？还是这个重创？或是因为她整个世界的毁灭？不管是因为什么，她都不记得后来发生了什么。恍惚中，她觉得青草拥她入怀，并已拥抱她数百年了。

第一课　前奏

第二课　挽歌

女人睁开双目，发现已拂晓，一切肃穆，有着重压之后的镇静。夜似乎为昨夜的大火而懊悔。这是多么令人尴尬的关于贪婪的一次展示！而且带来了如此的后果：房子被摧毁，青草被烧焦。草加重了火势，火以草为粮食而燃烧。但草却没有被毁灭，草会以新的力量再生，丈夫同样如此。

刹那间——天堂里的刹那间——她没有回忆所发生的。一刹那之后，她又记起了一切，而且记忆是无情的。她的丈夫已经离去，但同时又根本未离去，占据着她的每一个念头，令她的大脑没有任何空间想到别的。但她如何能不想他？当烟的气味还没从她的肌肤消失，当她的身体提醒她已经没有他的身体。

失去爱是一回事，失去爱的可能又是另一回事。仅仅在几小时之内，她所有的"我"都与她撕裂并离她而去。她不再是妻子、不再是母亲、不再是爱人。那么她还剩下什么？仅仅只剩下灵魂？然而灵魂好像也逃离了，逃离到一个她无法企及的地方。这就是悲痛。它夺走你的呼吸，让你变得像那个你为之哀悼的人一样冰冷没有生命。

她脚下的泥土被眼泪浸泡。这很好，她对自己说，我将留在这里，将溺死其中。尽管她不再想存活下去，但在她的大脑里某一个遥远而重要的地方，一个小如蚂蚁的生物命令她不能倒下。女人此前从未见过这个生物，这令人恼怒的生物想活下去。如此小如此远的生物怎么会控制住她？它甚至是她的一

第二课 挽歌

部分？

它可能很小，但它的力量却很大。它控制着她的双脚，让她离去，让她对无形地躺在草丛里、永远也不会被带走的孩子说再见。

只有一个地方可去。

母马听见熟悉的嘎吱作响的开关门声，它开始在马厩中来回踱步。一整夜，它都忍住哭叫，感受着发生在外面的因火引起的一场灾难，以及男人和他的妻子所经历的变故。母马感知到这一切，像所有的动物都能感知到一样。人类经常缺乏先见之明，它们却不会。

然而当它看见她时，它哭了。我也失去了我的家，它说，没有用任何词语，因为马不是用词语而是用意象表达自己。那些出现的意象开始变为金色，接着褪为黑色。我失去了你丈夫，那些意象告诉她，我也失去了那些日子，你的孩子们会骑在我背上去果园的日子，他们会喂我苹果，而我会带着他们在风中疾驰。然而，女人看不见这些意象，也感觉不到悲悯。

一只受伤的动物会愤怒地出击，它的愤怒因害怕、恐惧而滋生：一只受伤的狗会咬一只向它伸出的援助之手。现在，在谷仓里，两只受到惊吓的动物正在彼此相望。一个造成伤痛，一个接受伤痛。

"如果不是因为你，"女人说，"我就会在房子里。我会扑灭火，我的世界还会继续。我的孩子会长得健壮，我的丈夫会变老，我的家会在我们死后仍然存在。如果我不能扑灭那场火，就随它一起去吧。我原本能和他们一起死去，直到现在仍和他们没有分开。你让我失去了我所爱的一切。"

她感到愤怒。愤怒即恐惧。她的指责是宽泛的，她可能指责一切看得见的事物。指责也是恐惧。

母马低着头，似乎在对地板道歉。它不必抬头看女人，就能知道她内心的乌云如何因懊悔而变厚，如何随着她的每一句指责，挣脱她的身体，进入它的身体。母马允许乌云进来，因为它爱她。它知道，正如所有的动物都知道，愤怒只是企图驱散乌云，但这都不重要，因为这二者都会模糊视野。此外，她说得正确。它不经意的抱怨，让她不可挽回地与她丈夫分离了。我怎能如此自私？它寻思，乌云环绕着它的腿。

"我们走吧。"女人说，尽管她不知道该去哪儿。她只知道她不能再留在此时此地。

母马犹豫着，因为它不能再奔驰，也因为它知道，女人尚未告诉它，一旦离开谷仓，他们将永不能再回来。尽管如此，它仍然跟随着她。它愿意蹒跚而行、一瘸一拐，放逐自己，作为赎罪。

它首先停留在一个地方。那是昨日，女人曾不知不觉地开启了她的第一课的地方。

第二课 挽歌

"不行。"她说。音乐消失了。音乐已随着丈夫而离去。

母马固执地站着。

"不行。"她再次说道,更像在请求而不是在命令。但母马知道该做什么,而且不给她任何别的选择:他们要么困陷在原地,要么前行。一切取决于她的选择。

不情愿地,她走向竖琴。琴身是木质的。火以木为食物,对火而言,这比吞噬人类更惬意。"烧掉的为什么不是你啊?"她问道,她正将自己头上的一片乌云系在乐器上,尽管这片乌云不能在那里久留。琴弦会将乌云转变,这就是音乐的炼金术:给予沉重、不能飞翔的痛苦翅膀,将它们变为鸟儿,放飞天空。

如果能换回丈夫,她愿意永远放弃她的竖琴;为了换回他的声音,她愿意放弃竖琴所有的音符。她将双手放在琴的颈项上,她想让它窒息而死,但让她吃惊的是,她抚摸了它,和过去一样充满爱。即使在黑暗中,爱也能是不自觉的、自发的。

还有那本书,在她丈夫将它放置的地方。听见悲伤的乐声时,他曾试图合上这本书,而现在,这本书是他留下的一切。

她拾起书,翻开它。

挽歌是哀悼之歌,是对亡者的纪念。它来自 DIRIGIRE,意为"指导"。

学习好这一曲,这是后面所有课程的基础。

现在开始练习。

她猛地合上书。什么废话!死亡是无声的,它不会讲述智慧,什么也不会传递。从内心深处召唤出一首歌——这是魔法,而非音乐。她试图将这本书放回到干草里,把它藏起来,让所有人都看不见。

那个蚂蚁大小的生物有了一个更好的主意。它控制了她的手,将这本书和竖琴放到琴盒里,然后把琴盒背在她背上。

最后,母马出发了。轮到女人时,她最后一次注视她曾生活过的世界,然后朝着相反的方向走去。

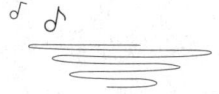

他不在那里。

每一天睁开眼睛时,她面对的都是这一让她的心刺痛的残酷事实。曾经总是他唤醒她,但现在醒来,却发现再也没有他。睡眠是令她坠落进去的一股力量,是暴力,也是暂歇。早上,悲伤会温和一些,缓解一些,阳光中有着某种东西让悲伤成熟。

母马和女人一起行走着,身后留下了岁月。女人觉得自己仿佛在爬行,因为她只是勉强活在大地上。悲痛具有重力,忧伤就像一只巨大的手按压着她,强迫她变为二维的,将她的呼吸压扁为叹息。这只手毫无仁慈可言。它一旦找到你,就将尾随你终生。

乡间的草变成了森林的树。黄色的小麦变为令人厌恶的绿色苔藓。

太阳悬挂在高大挺拔的橡树和榆树的树冠上,它们的枝丫将太阳切割为碎片。黄昏悄然降临,遮蔽了后面的天空。

女人以落满银色枫叶的土地为床,以母马柔软的腹部为枕。母马在地上寻觅落下的浆果——它的食物,而女人吃得很少。她失去的一切令她感觉不到饥饿。饥饿的燃料就是它自己。它去除了对食物的味觉,狼吞虎咽地吞食的是自己。

运动的疼痛令母马畏缩,生存的痛苦令女人畏缩。她祈求红雀和椋鸟不要鸣唱,她无法忍受它们那坚定固执的希望。但鸟儿们继续歌唱,因为鸟鸣既不受痛苦的影响,又是痛苦的解药。

秋天将树林燃烧,冬天将它扑灭。女人拥抱冰冻的季节。她理解何为冰。

她停下来,一动不动地躺在森林的土地上,躺在一棵树下,白雪和时光在她脚下堆积。在有的日子里,她迷茫的眼睛只能往外看着,别的什么也不做。有时候,当麻木的状态消失,她变得截然不同、过分活跃。她不是冰冻状态的,就是流血状态的,冰或者火,二者都不利于存活。

在有的日子里,她思考着终结是否已经到来。这不是恐惧。这是渴望。

孤独意味着失去语言,再也没有剩下任何人,能听她讲述自己的想法。当无人聆听时,思想就在头脑里变得狂野,并长出荆棘。女人听着树叶发出的沙沙声,但树叶是在对风说话,而不是对她。未被聆听的话语最终会干枯,并且不再发出声音。唯愿她的记忆也如此。

孤独仿佛是一只翅膀上有洞的蝴蝶,每一阵微风都提醒着你,你最美的一部分,能让你飞翔的那部分,已经没有了。孤独让你内心的破碎赤裸,伤口是曾经的翅膀。

孤独是乘人之危,是栖息在海底深处,那是连阳光都到不了的地方。那里有的只是残骸,你周围都是古老的骨头以及其他沉没的悲伤。

孤独是活着时死去。

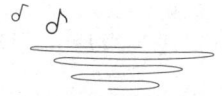

春天的到来是一种冒犯。整个森林变得茂盛而充满生机。

生命洋溢在泥土里，尖叫着，嘟哝着，沙哑着，贪婪地繁殖着。女人无法逃避这种对母亲和新娘的嘲讽。她看见四处都满溢着生机：溪流充满着雨水，月亮洒着清辉。但她一无所有。

就连在泥土里的虫子，勉强一寸一寸地生存着，也能生育并给予爱。是谁将生机赋予虫子，而剥夺女人的生机？这低级生物如何能一次又一次延续自己，而她却一次也不能？这条虫子有五颗心，即使失去一个孩子，它也能存活。女人没有任何多余的心。

她惊讶于大自然的富饶，惊讶于上帝不可测量的幽默——将蜜蜂封为女王，将毛毛虫封为君主，却将人类贬为灰烬，让婴儿成为血。世界被如此设计。而我们被强迫生活其中。

她能瞥见动物世界里创造的喜悦，她曾经也有这种喜悦，但后来却变为烟灰。她之所以能瞥见这一切，是因为她自己已经成为一只动物，有着本能，而她唯一的本能是恐慌，是想爬上最高的那棵树，将自己藏起来。与此同时，成为动物就是有生命的，具有最原始、最根本的生命形态，而她确信：无论她体内有什么东西——她的灵魂曾经在那里，现在都不能被恰当地称作生命了。

春天变为夏季，虫子成为祖母。女人和母马一起疲惫地跋涉，不知道已过去多少天。痛苦让时间变得有弹性，一小时变为一世纪，将所有夜晚变为那个夜晚，让人一次又一次地重温。

有一天，太阳消失了，她毫无察觉，她的世界已经很久没有温暖。母马抬起头来，突然停住。这让女人第一次将视线从地面移开。一个巨大的山洞出现在眼前，遮住了所有的天空，挡住了通向森林的路。洞口挂满蜘蛛网。但她仍然决定进去。洞里可能光线幽暗、空气停滞，但洞外的生活也是如此。她已经厌倦了自己没有真正去任何地方的行走，也厌倦了徘徊在绝望的失落之地。

居然如此之快！一只猎犬从洞中冲出来。它的双眼布满血丝，因为它只会保持警觉，从未得到休息。它又脏又湿又乱的皮毛里藏着一条蛇。女人示意身后的母马警惕并退后，尽管母马不需要她的示意。

猎犬猛扑过来，张大了嘴。母马嘶叫着。女人思忖，好吧，现在就被狗袭击而死。但这时，她体内的那个蚂蚁般的生物又来了，她走向竖琴，打开琴盒，拨动了一根弦。

女人惊呆了。对音乐的愿景比被袭击撕咬的场景更令她惊惧。丈夫死后，她再也没有触碰过乐器。如今她是否还能记起该如何弹奏？没有灵魂的人还能弹奏吗？那将会弹奏出何种声音？

她现在并不想去尝试——永远也不想。但这个声音使得猎犬不再撕咬。对她来说，渴望完整存在的冲动取代了渴望保持沉默的冲动。和猎犬一样，音乐有牙齿，那是沉于皮肤之下的

第二课 挽歌

针。和猎犬不一样，音乐之针在缝合的时候也切割。这些针将你打开，不是为了伤害你，而是为了治愈你。

她开始弹奏骤雨般的一串音符，一串随意的音符。猎狗退却。旋律升起，有些生疏，因为她已经有段时间没有用音乐来表达自己，女人的声音和竖琴的声音都因为长时间的沉默而沙哑。即使如此，她仍未忘记自己的第一语言，它比文字更根本、更真实。

她用心弹奏着，让破碎的和弦渗透进森林，流淌成一首歌。蚂蚁一样的生物指挥了一场巨大而狂热的音乐会，以每一个小节宣布着与女人想法的对立面：我想活下去。未经思索，她的双手就移动着，从一个音符到另一个音符。它们开始闪烁着白色的光芒。她的手指所触动的琴弦由丝线和光编织。

她久久地靠着一棵橡树，并不知道树也在聆听。这棵健壮坚韧的橡树，被这个女人，以及她悄然拥抱竖琴的温柔所感动。它被她的手指在木头上抚弄而出的魔力迷住了：将一棵曾经的树变为旋律，让它唱歌。树渴望她的手指也能抚弄它的身体，将它的沉默变为声音。叶子从树枝上飘落，翻飞着拍打着她，像充满渴望的大海一样拥抱着她。红雀和椋鸟在巢里栖息着，抬头瞪眼望着眼前的一切。它们从来不知道橡树会哭，谁见过它们的房子流泪？它们的歌声也是由光构成——一种不同的、镀金的光，当它们再也无法控制这种力量时，它就会从它

此岸，彼岸

们小小的身体里爆发出来——但鸟类不熟悉悲痛。只有忧伤的鸽子知道悲痛沉闷的副歌。

树下的岩石在聆听。声音萦绕着它们，知道它们将屈服并软化。一块一块地，它们的疆界消融，很快，它们就不再是岩石，而只是对固体的记忆。分崩离析并不痛苦，而是一种解脱。女人宁愿像它们这样。绝望让她变得坚硬，让她变得黑暗，让她窒息而不是发光。火焰与压力本来是想把碳矿变为钻石，而非将钻石变为碳矿。

母马倾听着。过去，它曾听过女人弹奏爱之歌，而非失去之歌。的确，它正在开始明白何为失去。在模糊的墨色阴影中，各种画面闪现：男人的身影盘旋在天空；母亲用口鼻触碰它的腿，催促它们前行。我的母亲？母马努力回忆它甚至不记得的内容，寻找着。

猎犬在聆听，以它的方式。它绕开女人歌曲中的感情，直奔她的悲痛。它知道痛苦，它以痛苦为食。女人的弹奏让它入眠，它梦见鲜血、死亡以及其他红色的东西。

藏匿在猎犬皮毛里的蛇倾听着。女人的悲痛、琴弦的甜蜜，两者交织产生的和谐：它们让蛇感受到强烈的疼痛，让其经历蜕皮。就这样，艺术像爱，或者艺术是爱。当然，蛇没有死去，它只是为了生长而蜕皮，正如她的丈夫。

女人是否在倾听？她的身体靠着竖琴。琴的肩膀靠着她的

第二课 挽歌

肩膀。琴发出乐声的部位贴着她的腹部，她的孩子曾经在那里。这不是巧合。音乐进入这被遗弃的房屋，将它重新建构，让它可以再被居住。音乐进入了她的最深处，穿过骨骼直入灵魂。是的，她的灵魂仍然在那里。无望的时候不是灵魂飞走的时候，而是灵魂扎根的时候。

挽歌。在发生了这一切之后，她根本不需要这本书来指点她何为挽歌，但她也不能拒绝学习何为挽歌。痛失亲人的人本能地、深刻地理解挽歌。这成了他们的全部曲目，尽管不愿意，他们却成为技艺超群的挽歌演奏家。

她的音乐停止了。因此，她的苦难在那一瞬间，也暂时停止了。听众们被深深打动，静悄悄地再次聚集，朝向音乐传来的地方。就连那只猎犬也仰面躺着伸开四肢，露出肚皮来蹭一蹭。这一次，女人不需要提示就把竖琴带走了。她的手放在母马的鬃毛里，引领着它，走过这条不再会伤害他们的猎犬。蜘蛛的眼泪软化了蜘蛛网。蜘蛛网在她指尖的触及之下散开了。她和母马就这样进入了山洞。他们走在黑暗的通道里，顺着岩壁找路，全然不知前面等待他们的是什么。从黑暗中传来一个声音，穿透了寒冷的空气。

"你来了。请进来。"

第三课　哀歌

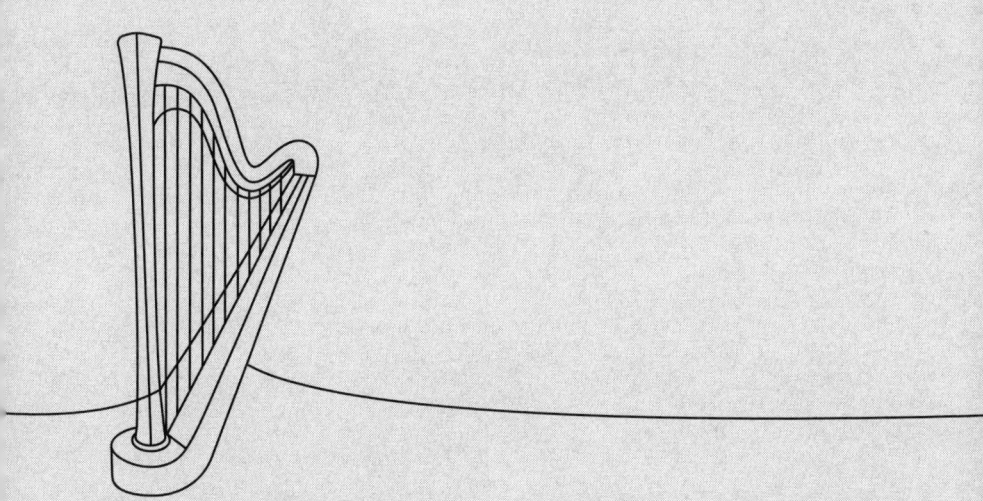

坐在他们前面的两个身影没有说更多的话。山洞和黑暗、阴影和石头勾勒着他们巨大的身体。他们完全由岩石所造：他们的脊柱是一柱巨石，他们的脸颊是陡峭的悬崖。黑寡妇们缠绕着他们的喉咙，这是活着的、致命的项链。

母马踌躇着后退，落入钟乳石不友好的怀抱，它们瘦骨嶙峋的手指插在母马的两侧。母马用眼睛哀求着女人撤回到森林，但洞穴的入口已经关闭，一切都无法通过：光不可以，生命也不可以。原来，跌跌撞撞地闯入地下世界并不难，只需跟着绝望留下的痕迹。

我们死去了吗？女人问母马。希望的火苗在她心中闪动。那个蚂蚁般的生物受挫地跺着脚，将火苗扑灭。

"他们在这里吗？"她问道。无人回答。但她的丈夫和孩子还会在哪里呢？

她缓慢地走近这两个巨大的独石柱：石头国王和王后，亲吻着他们脚趾的斜坡。这就是她希望的一切。"请问，他们在这里吗？"她哭着，绝望地伏在王后山一般巨大的脚上，同时带着感激。"让我见见他们。将他们还给我。让我们一起离开这里。"

他们冰冷而无情。岁月带来侵蚀，而不是眼泪。还有什么比石头更顽固不屈，还有什么比石头更加坚硬和不可穿透？唯有死亡。女人得不到她想要的，因为死亡不会给予她——它将

第三课　哀歌

一切都拿走了。现在既没有空气,也没有出口,死亡也会将她带走。

"我很抱歉,"女人对母马说,"我并不想带上你。"

母马回答,不管你到哪里,我都会跟随。尽管马靠意象来讲述一切,它们也能流利地表达爱。一切语言都未说出它挥之不去的认知:它的呼吸不是自己的,是借来的。

等待死亡的时候能做什么?这是我们所有人面临的问题,也许我们可以心平气和一些。女人压着马背,敦促它躺下、放松。她坐在它身边,观察着它那条疼痛的腿,腿的轮廓,最后一次触摸母马这条腿的肌腱和肌肉。她的触摸有着无限的歉意,对马、对她自己、对一个已经萎缩到无法持续的生活。她怎么无法控制这一切?她想象自己是一个新生儿,未来应该是一条敞开的、朝着地平线无限延伸的路,而不是一个悔恨的洞穴。我很抱歉,她同样对自己说,你本应该得到更多。

空气变得稀薄。母马入眠,梦见它的母亲。蚂蚁般的生物感到麻木和震惊。它不能接受将要发生的一切,但明白这一切终会到来。

女人决定在最后的时间里歌唱。音乐和沉默紧密相连、互补,而非对立。沉默在前;它与声音交配,诞生音乐。这次不一样。她将先弹奏音乐,沉默将跟随。

她取出竖琴和她的书,她丈夫曾将那本书拿在手里。触摸这本书就像再次触摸他。她将快速弹奏。

摇篮曲、渐强之声、终曲——其中有的曲子太复杂、太奇怪。她尚未具备足够的技巧来演奏这些曲子，现在她觉得她永远也不能了。她翻到早一些的章节，在"哀歌"这一课停下来。

哀歌是为垂死的人而唱的歌。

没有任何别的指令。她不需要指令。她爱过的每一个人都死去了。她当然能弹奏这一曲。

多么奇怪，弹奏自己的葬礼之歌，比起奇怪，更多的是悲哀。不管怎么样，她能有何选择？没有留下任何人让她选择。

她抚平书页，开始弹奏。没有光照，看不见五线谱，尽管她的手指在琴弦上闪着光，母马正在死去，它一动不动的身体泛着微光，一切足矣。无意识的歌不需要太强的光。如果光太强，就不能保持无意识。

她不知道自己在问什么，直到歌曲为她提出这个问题。如果我不能和他们在一起，那就让我的生命结束。如果我不能和他们一起离开这里，我就留在这里。你把他们都带走了。你怎么能把我忘记？

她的手掠过竖琴，变为白色的光，洒向国王和王后。悲伤飞离琴弦，变为哀悼的鸽子。鸽子飞过石柱子，栖息在音符上，

第三课　哀歌

将自己的旋律教给女人。它以前从未哀悼过自己,尽管那只是旋律的一个变体,一个重复的片段。小调和弦是刚出生时乌鸦的啼叫,和声是一只鸟飞过另一只鸟的声音。它们盘旋在国王和王后身边,在他们身体的峭壁上筑巢。

音乐飞向王后,将一颗心放在她胸口的洞里。然后,用羽翼之手,把心取出来。一次又一次,心被移走,心又被修复。这是悲伤之歌的作用。

王后对这神奇的感觉难以置信。她知道女人所不知道的:死亡像岩石一样枯燥,没有心智,也不值得悲哀。然而,女人知晓永久隔绝在洞穴中的王后所不知晓的:死亡不仅发生在那些已经离去的人身上,也发生在那些留下来的人身上。

王后那颗崭新的心长出发丝般的裂痕。哀婉之情渗透进去,裂痕变大。她一向同情那些生命迅疾的人类,他们注定只能生存几个时辰,而非几个纪元;他们以生理学的尺子衡量时间,而非地质学。此刻,有一个人站在她面前,祈求终结她的时间。王后开始明白,真正的不幸,不是生而必死,而是爱一个生而必死的人。王后想知道失去意味着什么,又想到国王巨大的冷冷的身躯。毕竟,山脉很少被人哀悼。

尽管国王脸上毫无变化,但心中有着变化。一颗鹅卵石从他陡峭的面颊滚落,掉下去碎了。地面有了纹路。他也如此。冲击力让地面开裂。正因为如此,必须小心对待悲伤之歌,它们能引发内部深深的扰动。

震动让已被封死的洞穴入口碎裂,曾经一度被认作坚不可摧的入口成为一堆碎石。空气涌入,母马大口地吸着气。女人爬起来,抓住母马的鬃毛。这是他们最后的机会,因为入口随时会再次关闭。她被自己的行动惊呆了。蚂蚁般的生物一定已经醒来。或者她已醒来。

当王后说话时,他们离洞穴入口仅一步之遥。王后的嘴里落下雪崩般的碎石和尘土。她所说的话令女人转过身,不再想离开。她的话语让女人全身颤抖。她说:"那孩子是个女孩。"

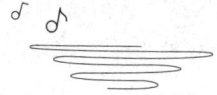

王后清了清她嗓子里的碎石:"她的大小就像一句窃窃私语。"

"一个女孩。"它让孩子成为真实的。它让哀歌成为真实的。

"你的眼睛看不见她,此时的你的眼睛看不见她。"

"一个女孩。"女人重复道,这让她不知所措。

国王还在从地震中恢复,他补充说:"你丈夫不必很快来这里。你本应该和他度过更多的岁月。"

女人身体的构造板块在滑动,有垮下来的危险。

"你是什么意思?他不应该死去的吗?"

第三课 哀歌

"还没有到时间。"

"那他为什么死去了？"

王后从她的脖子上拿起一只蜘蛛，捧在她宽大的手掌中，然后把蜘蛛给女人。寡妇对寡妇，女人和蜘蛛注视着彼此。蜘蛛在王后伸出的手上编织蛛网，开始时，速度较慢。与之相应，女人的脑中也形成了一张网。蜘蛛编织最初的几缕蛛丝；女人看见自己与丈夫相遇、相爱。网扩大了；他们结婚了，建造他们的家园。蜘蛛情绪失控，疯狂地编织着，几乎飞过王后，将一个最终的、致命的蛛网里的每一根丝连起来；同样迅速地，女人脑海里关于丈夫的最后一天也汇集起来。

她点燃蜡烛。母马在呼唤她。她砰的一声关上门。蜡烛倒下了。她没有注意到火焰的闪烁，继续走向谷仓。蛛网让牺牲品堕入陷阱。火让丈夫堕入陷阱。蛛网断裂，女人眼里的一切分崩离析。

是她提出的这个问题，现在是她回答这个问题。她羞愧、痛苦地低下头，她知道自己不仅是个寡妇，而且是个黑寡妇。于是她告诉国王和王后他们已经知道的现实："他因为我而死去。"

悲伤之手穿过森林，一直跟随着她、压迫着她，从未放过

此岸，彼岸

她。如今，第二只手来了，内疚之手，这两只手可怕地十指相交。悲伤的重负让她难以承受，加上内疚的重负，更加艰辛。人类无法承受这样的重负。骨骼会断裂，大脑会逃亡。

"不。"她说。不，这一切不可能发生。

"是，"国王纠正她，"是你引起了火灾。"他就事论事，正是这种真实最令她痛苦。生活应该是可以被塑造的，可以延展的。它应该允许她擦掉表面的指纹，重新开始。然而，生活不是黏土。生活硬如岩石，镶嵌在石头上。"烧伤很严重，但浓烟导致他死去。他不能呼吸。"

女人仿佛经历了这一切。她，也不能呼吸。

"这不是真的，"她哀求道，"这不可能是真的。我都做了什么？求你了，求你了——"但死亡只是坐在那里，毫无表情地盯着前方，像石头一样沉默。

每一次休克，都有休克之后仍然存在的休克。想在两次休克之后都幸存下来，是过度的期望。

那么，现在该怎么办？女人对那个蚂蚁般的生物说。我如何带着负罪感活下去？为什么让我活下去？蚂蚁般的生物不知道该如何回答。这是一个难题，如果没有答案，她会怎样？

第三课 哀歌

她找不到答案，也许她能找到一个漏洞。她搜遍自己的记忆，倾听那一根酸涩的琴弦，那一根琴弦如果调好了音准，会让她的生活恢复和谐。

她回想起火灾前的那个早上，想象自己和丈夫在离家很远的地方，在别的任何地方。死亡来了，但他们不在家，无人去应门。或许断电了，或许没有断电，无人目击。当他们第二天回来时，屋里充满阳光，于是他继续活着。

她回想起那一夜的火灾。她没有忽视蜡烛与桌布之间的吸引力，而是冲过去扯开它们，于是他继续活下去。

她回想起他们第一次相见的傍晚，他看向她，她没有反应；他对她微笑，她也未回应。于是，他继续活了下来。

她回想起她清理马厩的一个下午，谷仓里的一只猫跑过来，嘴里叼着一只蓝色的松鸦。她喊叫着，因为她喜欢观看鸟类在草丛间跳跃，而这只猫将一只鸟柔软的身体抛来抛去，好像它是一只破布娃娃，而不是装有神圣灵魂的肉身。不管猫对它干了什么——将它叼起来，四处扔，撕裂它的胸口——松鸦只是瞪着前方，而前方什么都没有。它的眼睛大睁着，但空空如也。它的这个混合的状态令女人不安，她无法转移视线看向别处。

眼睛。一直盯着她看的眼睛。它们在询问什么？

现在她明白了。它们并不是想从她这里要求什么。它们是在让她做好准备。它们在向她展示松鸦的死亡——它生命中最重要的时刻或者是最重要的时刻之一——已经事先被一只谷仓的猫锁定,在它们各自出生前。一切是如何写入一只公猫的故事?它带着急切的欲望,掠过一只母猫,为了性,为了释放,为了爱。小猫开始在母亲体内孕育,小猫开始在命运中孕育。松鸦的死亡在它的生命还没有开始以前就被一个陌生的力量决定。于是,在一个和很多天都相似,也和很多天都不同的一天,它的命运与那只已经长大的猫相撞了。不要谴责猫,松鸦告诉她,它只是在遵从指令。

这是她想告诉松鸦的:猫本来是可以走开的。命运是相遇,而不是谋杀。而且与生活不同,它是由黏土做成的。

她遇见她丈夫以前,甚至在他们出生以前,她已经像一只猫一样绕着他转。他们彼此相吸——并不是为了像他们所想的那样共同开始新的生活,而是为了结束生活。不管怎样,概率并不等同于必然性。有无数的日子、分钟、刹那,她都可以选择离开。假如她能够离开这些时光,假如她能让它们像大海一样展开,并且她能让它们逆转。那么,他将继续活着。

如果她能触摸时间,重塑时间,逆转时间。

如果她从未爱过他,那么她就可能救了他。

如果。如果。如果。

第三课 哀歌

这是人类最熟悉的歌。每个人都谙熟在心。

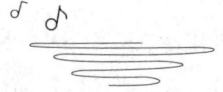

国王和王后正看着一个人的心破碎成灰烬。他们无法想象一个生灵会如此脆弱柔软。他们能想什么呢？他们从来没有机会走出山洞，或步入心灵的裂缝。他们不会像西西弗斯一样挣扎，在屈辱与残暴越积越多的重压下。他们从未感受过生活在很多方面比巨石更沉重，是一个比石头更重的负荷。

他们俩重新在各自的王位上摆好位置，转向对方。这一过程花了很长时间，直到他们发现彼此面对面了。必须做点什么，他们不能继续目睹一个灵魂的崩溃。

国王代表二人说话。"你丈夫已经死去。我们无法让他复活，但我们能让他回到你身边，"他说，"只要你离开这里，离开我们。"

女人难以置信地看着他。死亡难道没有她想象的那样坚硬？

"我会离开。"她说。

"他会跟随你的脚步，不管你走到哪里。他将一直与你同在。"

释然是生理性的，实实在在的。她的呼吸和骨头都释然了。

"有个条件。"他对她说。

她的心提到嗓子眼,代替了她的悲叹。"是什么?"

"你不能转过头来看他。"

"多长时间?"

"你的余生。"

"那我怎么能见到他?或者抱住他?我怎么能知道他就在那里?"

无人回答。死亡提出这样的问题,但它不给出答案。

她犹豫了。她究竟同意了什么?同意永远不看他的脸、同意永不感受她曾如此爱过的身体,直到有一天她触摸它时,一个全新的身体已经形成?

然而别无选择。

"把他还给我。"她说。在他们任何一个都未改变想法前,她和母马跑出了山洞。

第四课　拍号

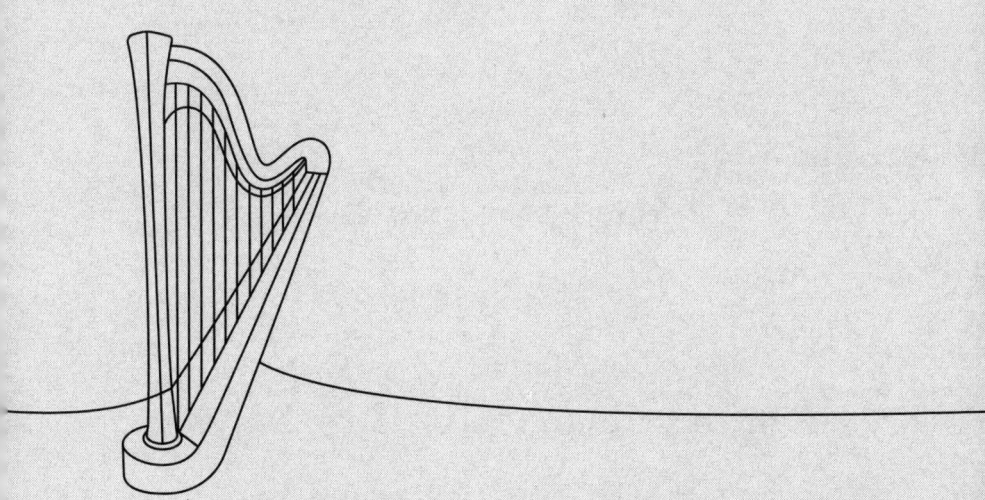

她丈夫在哪里？他一定在她身后，尽管走在落叶上，他的脚步没有声音。他以烧伤之身回来了，还是已经转世：一只有着金色眼睛的狐狸，一片头顶的半轮，一首脑海里的曲子？这些都不如他——或者更甚于过去？或者他是一个神识，不可触摸，没有身体，是一阵迷雾或者一个谜？他被许诺会回来，他的形态却未定。

他和她在一起。她被如此告知。他已经从她的视野中消失，但仍然存在于她的生活中。也许死亡没有让人分离的权力，只有让人淡忘的权力——爱是看不见却又不可分的？那么，悲伤也可以从视线中消失。

但是，看不见他、触摸不到他、听不见他。一个没有身体的人只是一个意念。她怎么能知道他在那里，他是真实的？她能爱一个她感觉不到的人吗？或者只是爱关于他的记忆？和他一样，信仰和信任在身后远远地跟着她，在不可及的地方。怀疑就在她身边，一个控制对话的滔滔不绝的伙伴，用愚蠢的问题填满了间歇，似乎惧怕静寂会开口说什么。

有时候她怀疑他是否在那里。微风拂过她的双肩，他的双手也曾这样抚过她。她穿过的树不知为何闻起来像芫荽和丁香，他的皮肤曾经就是这样的味道。有时，她思量他和她相隔着何种空间。多么高密度的、不可穿透的距离：细若游丝，却又广阔的范围。她想问他看见了什么，但她害怕他会用蓝色松鸦般

第四课 拍号

的眼睛,或者更可怕的是用火一样的眼睛回答她的问题。在某些时刻,不能回望他对她而言反倒是一种仁慈。

她和母马,很可能还有她丈夫,一起行走了数月,尽管周围的森林不变。枫树一直是枫树。多么希望它们能变为棕榈。那样的话,女人就能知道他们是在朝着某个方向前进,就会知道他们的确是在前进。仿佛他们沿着同样的树绕行了千万次,而且她的余生也将如此:一个持续不断的关于失去和失落的循环往复。也许,无论她走到哪里,都不是她丈夫跟随着她;跟随她的,是更模糊的东西,比如方向的迷失。这是如此荒谬——为生活被如此切断而感伤之后,却发现生活其实是太长的旅程,而且是永无尽头、哪里也不能抵达的徒步旅程。

母马珍惜自己尚好的那条腿,一瘸一拐地走在她身边。它睁眼做着白日梦,梦见自己四肢腾飞。女人看见它的痛苦在加剧,但却无力相助。她觉得别无选择,他们必须停止这毫无意义的流浪。他们将调转方向,回到曾经的家。那里也许已成为墓地,但她自己也比一个鬼魂好不了多少。也许,山洞甚至更好。她可以倒在国王和王后的脚边,请求他们永远拿走她呼吸的空气。那样,她就能与丈夫相聚,而非在这里幻想。没有腿,也没有身体:这是她和母马能自由奔跑的唯一方式。

一旦有了方向和决心,她所见的大地风景就开始变化。枫树变得稀少,林中空地出现了。目标就像是锯子,尖锐而且准确。它锯过大脑的森林，并允许清晰显现。

树退却，野花出现，持久让位给短暂。湖泊出现。雏菊和勿忘我装点着湖岸。太阳在天上，为它的金色的织物点缀着宝石。在湖的中心，一个老人穿着金红色的袍子，仰面而卧。

"你来了！当心。"他对女人喊道，在下沉到水里之前。尽管他离得很远，但当他的话传到她耳朵里时，他已经赶过来了。他和他华丽的长袍都未浸湿，他的脸上有很多皱纹。问候时，他的手掠过母马的鬃毛。母马觉得自己被他变成了水。

女人很困惑。他一直在等她吗？怎么会呢？"恐怕我们有点迷路了。"她坦言。

"迷路？迷路意味着存在于一个时间和地点——或者更准确地说，不存在于某个时间和地点——没有这样的事情。你只能存在于一个地方：这里，此刻，当下。而你在这里，正是你应该在的地方。"

他和她讲着同一种语言，但她听起来却觉得完全像外语。"我在哪里？"

"就在这里。"

"好吧，我在这里。一旦我经过这里，我就可以……？"

老人笑了，很高兴。"你当然在这里。你还可能在别的地方吗？"

森林也许就像个迷宫，老人的思想也是如此。森林的树枝

第四课 拍号

令她陷入迷途，他的思想更是如此。"我已经受够了。"她对他说。然后她对母马说："我们走吧。"

"你已经在这里了，怎么能再去别的地方呢？"

前行至此，她的脚步被阻止。她从窒息中存活，却被谜语所击败。她坐在地上，痛苦地将头埋在双手里。

老人跪下来，弯身去看女人的眼睛。他的眼睛如身后的湖水一样平静深邃。他看出她的失望。很多人发现自己在这里时都会失望，都希望去别的地方。

他的声音耐心，他的善良明显。"你正在时光之湖。它是一个人造湖，不要因此而受挫。体验是一种享受。来吧，"他说着，拉起她的手，把她领了过去，"水很好。"

的确水很好，当她走近时，她发现有人在里面游泳，游向岸边，在岸上休息。

她向前倾，小心地打湿脚趾。水不热也不冷。水是一种记忆。它如波浪一样袭来，拍打着她的意识，将她拉进来、推出去，拉进推出。

我母亲坐在梳妆台前。我坐在她的膝盖上。她穿好了盛装要和我父亲晚上出去，在颈部喷了香水。香水味让我陶醉。她在脸上涂粉，然后玩耍般地将粉饼刷扫过我的鼻子。我觉得她像是对我施展了魔术，将

此岸，彼岸

我变成大人的魔术。我多希望自己能了解这个神秘的世界，这个充满舞蹈和星光的世界。她的笑声就像蝴蝶一样在我周边翻飞。她倾身亲吻我的前额，她的气味令人陶醉，佛手柑精油的气息，女人的气息。

就像突然来的一样，画面和香味突然就消失了。女人不是在她童年的家里，而是在一个奇怪的湖里；不是和母亲在一起，而是和一个奇怪的老人在一起。她问他："这是什么？"他说："这是时间。"

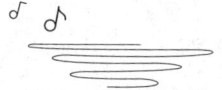

老人游向湖心。他的声音和他金红色的长袍在身后飘荡。他的头消失在湖面，当再次出现时，他变为一位年轻美丽的女子，头上佩戴的黄金和红宝石正滴着水。他再次将自己浸入水中，冒出水面时成为一个婴儿，包裹在红色和金色的布里。在投向湖水的最后一跃之后，他再次变回老人，脸上重新出现皱纹，并再次浮现笑容。

感到口渴的母马看着这一切。它来到岸边，将柔软的嘴放到水里。

世界是一个白色的泡沫，迸裂在长满向日葵的田野间。颤抖的腿。健壮的腿。我耳中温暖的蜜蜂。我的母亲，用她的眼睛为我唱着一首歌。

它突然受到惊吓，抬起头，然后低下头饮更多的水。

"现在是你的竖琴。"老人对女人说。

"但它没有生命。"

"是吗？"

他的提议让她畏怯。把竖琴沉到水里是毁了它。它的木头会弯曲，它的音调会走音。她已经造成了太多的死亡。她不能再承担更多的责任。

老人对她点头，鼓励她。这并不是为了把她难倒。"难道这不是把哀歌和悲伤抛在身后的时候吗？"

她不得不承认的确如此。沉默胜过挽歌。她闭上眼睛，屏住呼吸，把琴放入湖中。

她悄悄看了一眼。

竖琴不是柳树做成的——它就是树本身。琴弦的末梢成长为树干的根。它哭泣的眼泪是树叶。据说柳树生长在有鬼魂的地方，它的枝条扫过坟墓，呼唤逝者回到阳间。当然，这棵树变为她的竖琴。没有任何别的乐器更适合吟唱她的悲伤。

34根弦曾经缠绕在乐器上。现在有34只紫红色的飞蛾绕树而飞，并在树叶上产卵。一只新孵出的毛毛虫左右顾盼，惊恐地大叫。我找不到自己的翅膀。它拼命努力，渴望将自己的身体变为它被承诺的样子。我将把自己锁在城堡里，以免有人看见我，认为我是一只毛毛虫。它所编织的茧会经历它自己的蜕变。茧变成丝，丝变成弦，弦变为歌。

歌，必须来自某个地方。在乐器上弹奏出歌之前，它已从音乐家的心中升起。每日的持续低音，每个午夜的祈祷圣歌。她那平静而满足的G大调。她身上一处皮肤起了鸡皮疙瘩。她叹息的小调音阶，它最初的悲伤或者声音，不管哪一个先升起。

老人示意女人将竖琴拿出水中，它立即恢复了原状：柳树变小，飞蛾成为记忆。老人拿起《音乐课》，她条件反射般地，把它从他手里打了下来。竖琴也许依然完好，但她的信心仅限于此。属于她的东西几乎没有了。大火已经带走了一切。她不会让水带走剩下的。

他明白这一切。如果她信任他，她将会得到问题的答案。但她宁愿让这个问题像个谜语，而他也愿意继续这个谜语游戏。

女人弯下腰拿起书，看了一眼翻开的那一页。

水、火、土、空气：这些是创造的元素。为了创造和谐，保持这些元素的平衡。

涉入时光之湖的水中。火是启蒙的源泉。让它照亮你的路。

反复回归大地,每一次都要像空中飞蛾般轻盈。

音乐如此产生。

她的眼光越过上面的这些文字。一个小女孩在那里,湖水齐膝。她一只手拿着一朵柳絮,另一只手拿着一块方糖在喂身边的小马。她哼唱着一首古老而熟悉的歌谣。歌声带着佛手柑的香味飘向女人。女孩向她招手。时光的涟漪在湖面扩散开来。

"这是什么?"女人问,"我们的童年吗?"

"不仅仅是童年,"老人说,"往深处走,你会看见更多。"

他走向岸边,一个男人正站在那里准备跃入湖中。他们看着男人。男人进入水中,在里面待了一会儿,爬出来,擦干身体,再次跃入。这个人没有变化,但他的跳水动作在变化。开始时,是腹部着水,因为他并不知道自己在做什么,或者他被吓坏了,或者他只想激起水花。他再试一次,较为复杂地用上了不同的肌肉并完善技巧。接下来,每一次跳水都充满壮观之美。尽管在那之前,真是一团糟!所有的那些泼溅的水花,所有的乐趣。

有时候别的人会加入他的畅游。

有时候他们会在水里翻腾,他会跳过去让他们脱离危险。

有时候他会仰面漂浮,尽情享受阳光洒在脸上的温暖。

老人说:"你所观看的那个游泳者,当他从水里出来时,他是否死去?"

"没有。他是在休息,也许他又会游回去。"

"你是否为每一次跳水的完成而伤心?"

"为这而伤心?"怎么会有这样的想法。"不,跳水有开始和结束,但游泳者并非如此。"

"你会让自己在内疚中沉溺,像一块石头沉落下去吗?"他问道,"如果一个游泳者离开了水,而你仍在水中?"

女人转身面对老人。他直视着她,等待着。他能永久地等待。他有时间。

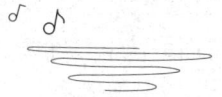

湖面上充满了动静。湖岸星星点点地栖息着银色的光之鸟。当它们滑行在湖面时,它们的光被身体遮蔽,它们水银般的翅膀变得沉重,像人类一样。

"这些生物——他们都死了,是吗?他们将在湖里复活?"女人问。

老人摇头:"灵魂没有死,也没有活,只是存在着。"

她的声音因为悲哀而迟疑着,有一点断裂:"我女儿怎么样了?她一定在湖里。她浮出水面是不是太早了?"

"她正在试水,但那是不合适的。"

第四课 拍号

"对她而言。"

"对她，也对你。离去——这是她给你的礼物。"

礼物？失去自己的孩子？

"她现在不是在湖里，而是在湖之外向你伸手，"老人告诉女人，"有什么区别？"

区别在于时间。女人可以将孩子抱在怀里很多很多年。在这些岁月里，她的孩子是一个确切的存在，而非抽象之物。在这些岁月里，她的孩子不是溅在草地上的血，而是流动着血液、充满着生机的健康身体。她的身体成长着。她吃着食物，蹦蹦跳跳在草地上，头发变长。她做了三万个梦，哭泣着，陷入爱情，或者，因陷入爱情而哭泣。一个属于时间，而不是超越时间的身体。

老人知道时间是一个编织物、一个虚构、一片飘过脑海的薄纱般的云。如此难以捉摸、如此飘忽不定的事物还能是别的什么吗？女人的年岁由日月构成。在别的地方，岁月由光构成。她的岁月和古代牧民的岁月不同。牧民靠看月亮来记录光阴，而不是靠看太阳，发现自己能活几个世纪。人类将时间划为时区，在大海中放置一条虚构的线，把它叫作一天。一个多么有趣的谜题啊！对老人而言，时间只是恐龙眨眼、羊尾晃动。但对女人而言，时间却具体而残酷，是一个她既渴望又惧怕的怪兽。它能毁灭一切事物，而且永无止境。她的孩子并不是唯一的受害者，它偷走所有的婴儿，让成年人代替他们。它让他们离开家园和母亲。然后，它带走所有母亲。它将它触摸的每个人都变成孤儿，毁坏那些被留下的人，在他们的身体上留下它的痕迹。

女人的双眸像湖水一样，但有一种人类的东西让她的眼睛不及湖水那么清濯。"我想我更愿意待在岸边。我不知道我为什么曾经去到湖里。"

"因为你想聆听夏日暴风雨的协奏曲，听它在你皮肤上的音符。品尝野黑莓的美味，当它们的汁液沿着你的手臂滴落。你想看女儿的拖鞋如何沾上露珠，感觉爱人的微笑如何让心灵悸动。只有凭借肉身，你才能歌唱，才能应歌而舞，并为之陶醉。还有别的任何途径能让你体验这个世界所有令人难以置信的美吗？"

"还有所有的死亡和失去。"

"还有爱。"

"还有悲伤和痛苦。"

"还有爱。"

她哽咽了。她宁愿不存在。一定要有这样的争论吗？"我丈夫向我许诺永恒，但他化为一缕烟。如果爱是生存的理由，它应该比火和血肉更强大。现在我甚至不能回头看他。如此狡猾和害羞的爱是什么爱啊？"

"从某个维度讲,你的确不能回望;从另一个维度讲,并非如此。"

又一个谜语?

"回到水里去,"他给她发出明确指令,"朝那边看,往更远的地方看。"

"退到我的过去?"

"你曾经有过的所有过去。"

女人震惊地看着他,但老人只是笑笑,拍着她的肩膀说:"你认为我们只有一次跳水的机会吗?那有什么意思呢?"

第五课　从头到尾

我的皮肤就像一个洋葱，像纸一样薄，正剥离开来。不管怎样，我已经使用了它90年。我的牙齿早就没了。我并不在意时光剥夺我这些，想想看它给我的一切：儿孙满堂，一个庞大的家庭。我的儿子们都长得像我，尽管他们都已经不再是孩子。他们都长有雀斑而不再长有毛发。一个女人给我送来晚餐。她是我妻子。她和我一样古老。当我的神识离开我的身体成为一朵云，她将也不会感觉到落在她脸上的雨，她将跟随我去天空。

"注视她的眼睛。"老人从上面说。穿越了如此多的时光，他的声音有些变调。

我很努力，可是她的微笑让我难以看见她的眼睛。睁开，我告诉她。当她睁大眼时，突然看见的东西迫使我往上游，为了呼吸空气。那是我丈夫的眼睛。我被禁止回头看。我曾以为我永远不会再见到这双眼睛。

女人游到了水面，潜水和这一发现让她几乎不能呼吸。"潜得更深些。"老人说。

一辆摇摇晃晃的火车把我带到我的校舍。凌晨,如此早,几乎和夜晚一样。我很年轻,火车很老。窗户没有玻璃,丝毫不挡风。为了感觉安全,我闭上眼睛,但火车摇晃着,快速行驶着,我无法休息。今天是我上学的第一天。为此,我也无法休息。拂晓时,我起身,走在过道里。有一个上学的孩子,一个像我一样的女孩,穿着同样的校服,梳着黑色的辫子。我想过去问问我是否可以和她坐在一起,但我太羞怯。哪一种做法更糟糕:去问一个陌生人我是否可以坐在她身边,还是我自己独自一人冷冰冰地坐着?但她并不需要我问她。她只是微笑着拍拍她身边的座位。我带着感激悄悄来到她身边,同样无言。她从书包里拿出一条羊毛毯子,盖着她也盖着我,而且将毛毯掖进我的肩膀处,这样毯子就不会乱动了。我第一次顾盼四周,看见群山闪着金光。太阳照亮了毛毯,也照亮了我。我的头疲倦而沉重,靠在女孩的肩头,我睡着了。在模糊的睡意中,我听见她唱着歌:小鸟,蓝鸟,喔,你为何如此蓝?因为你吃了蓝色的水果。

我们在不同的班级,因为她比我大,而且学习比我好。我们的房间分别在校舍的两边。偶尔,在茶歇或者学汉语时,我会见到她。我们相互微笑,但从不

此岸,彼岸

开口说话。她将毕业，我将嫁给当地的一个商人。我们不会再见面了。

老人的声音响起回声，穿过湖面。"这个朋友是谁？"

我回到过去，我回到火车上，我回到山上。醒来吧，我告诉年轻的女学生我曾经是谁。睁开你的眼睛。

我睁开眼睛。我看着我的同座。我的同座回望着我。我的丈夫回望着我。

我是一朵莲花。需要一百年我的脚趾才能触碰下面的土地，我的手指才能触碰太阳。一个夏天，一只蜻蜓来拜访我。我们度过了白昼，彼此拥抱着。这是我一生中最幸福的时光。依靠它，我紧紧地锚定在泥土里，似乎知道了飞行。我是它的吊床和避难所；它彩色玻璃般的翅膀是我的教堂。它死在我的怀里。我抱着它，一千年过去。

夜很深、很静，除了我心脏的跳动。它的力量摇晃着我的身体。我肯定月亮能听见。我低头看着我赤裸的脚。我告诉自己，别这么害怕，但当我朝着长老的小棚屋走去时,我的双脚并不听使唤。

火把被点燃。黑暗像梦一般逃遁。火光让我部落族人的脸庞活跃起来。我希望有人能扑灭火光,这样在黑暗中,我就不会看见他们脸上反对的神情。有个族人甚至不看我一眼,那就是我哥哥。我们整个家族都在,尽管只有他和我血缘最亲。

那天早上举行了一个狩猎活动。所有男人都分开行动。我悄悄溜走了,尽管他们需要我的投矛技术。我哥哥的技术也很好,是当地名列第二的猎手,但他们从来没有把投矛器给他。

我径直朝野兽走去。除了我,无人见过它。因为鹰给了我与众不同的眼睛。我爬到野兽身边,告诉它要么跑掉,要么就是被屠杀。我知道它刚生下了几头小牛,它的死亡意味着它们的死亡。我看着这些小牛被生下来、被抚养、被爱,它们对我就像对自己的家人一样亲。我对它发出不满的嘘声,身体挡在它眼前。它瞪大眼睛看着我,然后缓慢地走开了。男人们仍然在狩猎,我悄悄地跟随着他们。

我察觉到有人发现了我,就像所有的猎物能察觉的那样:从腹部的丝丝恐惧,不可言说的袭来的恐惧,以及对恐惧的接受。从噩梦中我认出它,我看见了我死亡的脸庞和轮廓。

那是我的兄弟。他永远不会抛弃我。我是安全的。

我错了。

在长老的小棚屋里,我的身体因为恐惧而发冷,因为火焰而发热。每个人都谴责我失败的狩猎,导致他们的饥饿。比起我族人的生活,我更在乎动物的生命。我背叛了族人,因为我没有为他们找到他们所需要的食物。我背叛了他们,因为心太软以至于不能狩猎,我甚至不如女人。"鹰的视野,猫的胆识。"他们唱道,尽管他们的歌毫无快意。

他们没有杀掉我,但是他们也不让我留下。我去哪里?痛苦显而易见,外面黄沙漫漫。在世界上最空旷的地方,我将独自一人。就连满天的星星都对我有意见,背对着我。这是死刑的另一个名字,一个更长的名字。

我顾盼着别的人。他们的脸上没有一丝悲哀。我走向那个和我最相似的族人。长矛与荣誉如今将属于他。我凝望那双十二月的眼睛,黑色而冰冷。

仇恨的眼睛。

我丈夫的眼睛。

我们定下婚约,他给我一根丝带,我向他立下誓言。

还有……

我是地位低下的僧人,他身披藏红色的长袍。我爬上悬崖,来学习他呼吸的秘密。

还有……

我用我的身体生下他。当我听见他的第一声号啕,仿佛星星在我体内爆炸,直到那时,我才知道我的体内有星星。

还有……

当他死去时,我相信他会变成一只乌鸦回到我身边。我日日在天空中寻觅归来的他。

还有……

他是我的老师,他是我的邻居,他是我的姐妹,他是我的丈夫,他是我的妻子,他是我的孩子,他是……

离开山洞时,女人认为她能够告别悲伤,还能换来与丈夫的相伴。"他将一直与你同在。"国王和王后曾告诉她,而且她相信了他们的话。她对他说话,她哭泣着呼唤他,她伸手触摸他。他从未回答。她到处找他,却找不到他。他和她在一起,但他的身体却没有和她在一起,他作为普通常人的特性不在那里。他步伐的跳跃、声音的质地、锁骨的凹陷都不在那里。如果这些都不在，他的回归是什么？她听不见他的任何回应，看不见他的任何一个眼神，这一切都提醒着她缺失的一切，失去的一切——所有那些不可定义、将真实的人与幻觉相区分的特质。所以，和他不一样，悲伤拒绝让她独自行走。它在她身边滑行，用它那爬行动物的眼睛一眨不眨地追踪她，盘旋在她腿间，限制着她，将她的生命挤压和榨取。

DA CAPO AL CODA 的意思是像一条蛇，"从头到尾"。将每一个乐章演奏 DA CAPO AL CODA——从头开始。

她曾经无数次在书中看见这几行字，并把它们当作指令，其实它们是处方。从你的情歌开始，一次又一次地弹奏。这将释放压力，给毒牙套上保护套。

她曾以为永不会再触摸她的丈夫了。现在她发现如果自己不触摸他，就无法触摸生活。在过去，她成为过如此多的人，而且感到无法再按捺住自己的内心，尽管她只是浏览了一下表面。她的身体已经停止游泳。她的思想还在飘游。

老人平静地坐在湖岸，等待她归来。女人以为自己在深水中待了许久。对老人而言，时光停滞。

"我丈夫无处不在。"她开始告诉他。

"是的。"他说。

女人的手指深入痛苦的线团中，捋顺那些结。她丈夫死过许多次——一缕缕线开始交织在一起——每一次新生他都会回到她身边，这不是一种恩惠，而是一种规律——规律自现，设计成形——而且如果没有老死，没有放逐之死，那什么是因火而死？——那么，什么是死亡？

她缝纫，她纺线。每条线安排好自己，落在某个地方。白光从她手中升起，她的手已经熟悉了这些动作，因为一架竖琴就是一台织布机，编织音符，而不是编织布匹，将悲惨变为音乐。

而生命，也是一台织布机，灵魂是梭，她是经纱，他是纬纱。他们穿过彼此，他们依靠编织穿越彼此，为了创造一条能覆盖肩膀和星星的毯子。一次又一次，纬线经过，将经线一分为二。一边被抬起，另一边被放下。足够的重复之后，编织品形成。一次又一次，身体过去，人被分离。一半被放到天空，一半被放到大地。足够的重复之后，一个天使诞生。失去亲人的人，称其为死亡；编织者称其为脱离。她理解这节奏，知道分离是暂时的：她呼吸的暂停，手腕的轻击。她知道这些线不

此岸，彼岸

会分开，而将汇集。它们不会磨损，它们不会解体。它们在时间的挂毯上一针针缝合着。

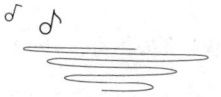

她是莲花，他是蜻蜓，我是微风将他吹入她的怀里。

我是一片宣布与树枝断裂的枫叶，为了飞翔。这是我死亡的瞬间，因为我将失去根和养分，但每一天都是为了这一次飞跃，我无所惧怕。我放手了！风引路，我跟随；它使我下沉，我旋转着。我因欢乐而眩晕，我爱着天空。舞蹈必将终结，尽管直到那时——自由和我曾经知道的一切都不一样。草用它的臂膀接住我。我们融入欢笑和树叶中。太阳让我融化，土地让我滋润、营养树枝上的我的兄弟们，他们曾看见我死去，他们曾看见我飞舞。

我是一只旗鱼。我不知道没有腿的动物也能像马一样有力地奔跑，然而没有陆地放慢我的脚步，我变成一把武器，像钢铁一样切割水。我的身体是一颗子弹，光亮的流线型，枪铜灰色。我是火上的汽油。我能迅速地赶上一切事物，除了太阳。我在白日跟踪它，在空中疯狂地跳跃，但从未赶上它。我从未放弃追赶。

母马的灵魂天生就是移动的，将每一个可能的身体与风对峙，甚至变成风。现在，它残废了，再也不能做它最爱做的。如何才能更好地知道运动与自由的微妙差别？

女人感到恐惧，同时又负有责任。她比任何伤害都更能导致母马的残疾：强迫它忍受她的旅程，让它把自由放在她脚下，限制它与生俱来的奔跑权利。她觉得是自己在盲目、鲁莽地奔跑，剥夺了自己所爱的人的身体。

但是母马知道它在女人身边每一艰难的步伐，都能将女人推得更高、更远。动物的心具有和人心不一样的界限和境界。动物的心更宽容也更透明。人要学会移除心灵的局限。动物将向她展示如何做到这一步。这也是关于运动与自由的一课。

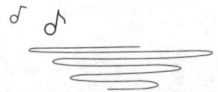

"蜻蜓曾是我的灵魂伴侣，就像我古老的妻子一样。为什么我丈夫会在火车上变成一个女学生坐在我身边，"女人思考着，"作为我的同学，而非灵魂伴侣？"

"除了灵魂伴侣，还有谁会用善意将你覆盖？而你会因此得到休息。谁会和你在一起共度时光——而且是为了你？"

"难道灵魂伴侣不是永恒的吗？我再也没见过这个女学生——他。"

老人感到不解："再也没见过他？"

她回忆起那次失败的狩猎，夜空下的放逐。她的声音和视线都落到地面。"你想告诉我一个灵魂伴侣会如此不忠诚，如此可恨？"

"除了你的灵魂伴侣，还有谁会降低自己，为了让你学习？谁会允许让你体验痛苦和仇恨，出于最高形式的爱为你做这一切？不要忘记：背叛你的兄弟、陪伴你的妻子、带给你安全感的女学生、给予你音乐的丈夫是同一个人。"

内疚之蛇悄悄走近悲伤之蛇，触摸它的尾巴，替代了它的位置。"我不能责备他，"她说，"我带走了他的身体。我夺走了他的孩子。他过去为我做过很多，但我现在却未能回报。我应该受到惩罚。我必须对他进行弥补。"

"喔，是的，惩罚。对他进行弥补。很好！他背叛你的惩罚是什么？给你披上光之毯，让你子孙满堂，在你的发丝里编上野花，让你的歌声充满幸福。"

老人在她眼前挥动着手臂。诸多情景出现，变换速度如此之快，在她还没来得及识别时，这些情景就已消失。大草原那一边的家园，男人的双手，一把锋利的刀。一个母亲和孩子，开膛破肚，泥土上、刀上、男人手上的鲜血——她手上的鲜血。铁的血腥味，但它和另外一种味道混合在一起：享受的愉悦。这太强烈了，她无法接受。

"你已经原谅了自己的这些行径，"老人说，"却不能原谅自己的一次物理事故？关于火焰的。"

国王和女王曾宣判她有罪，使得她带着悔恨双膝跪下。现在老人施展同样的魔力。"那个男人，那个屠夫——那是我？"她开口问道，声音来自她身体内某处阴暗的角落。蚂蚁般的生物不能到达那里。她突然想逃离时光之湖，害怕湖的深水处会浮现更多别的谋杀犯，紧握蜡烛和刀子，都长着她的脸。"你让我看见这些，是为了让我少给自己下一些判定？我是不能被原谅的。我不应该活着，不应该被允许又回来。"

"不，你在学习。现在，人们正在做你那时做的事情。他们也在学习。因为没有时间，过去与现在没有区别，或者说你和他们之间也没有区别。我们都曾献出生命，也曾夺去生命。这只手将一把刀刺向无辜的腹部，"他说道，拍着她的左手，然后拍着她的右手，"这只手将布施之食递给饥饿的人。杀死母亲和孩子的同一个人，用自己的生命去拯救一只野兽和它的幼崽。真绝妙，难道不是吗？"

女人丝毫不觉得有何绝妙。

老人将她带回时光之湖，牵引她的肩膀沉入湖中。在湖水中，一个倒影出现,那是时光的镜子。她看见镜子里面的自己是个小女孩,身穿白色的无袖连衣裙,双腿交叉,坐在幼儿园的地板上。

"那时的你,什么也不懂,"他说,带着父爱看着女人,"那时你看不懂文学经典和元素周期表。你只是在开始学习如何与人分享,如何等待,如何照顾自己的身体并弄清楚它能做什么。那是不可原谅的吗?"

"我不明白。"

教室里的一个男孩俯身在一把玩具吉他上,拉扯它的琴弦直到琴发出刺耳的声音。小女孩对琴的声音感到有趣,向他跳过去。她想要他的玩具。他挡了她的路。当她要求得到它时,他拒绝了。所以,她推他,他倒在地板上,不高兴地哭了起来。他想到踢她或者发脾气,但他最后决定不这样做。

"那时的你是不可原谅的吗?"

"我只是一个孩子!我不懂事。"

老师走向孩子们。她拍拍男孩的头,将他从地上扶起来,然后转向女孩。

"老师应该杀了你。"老人建议说。女人倒抽一口气。"那难道不是你说的话吗?或者她可以让你永远被罚禁闭,尽管真的没有必要。就连最调皮捣蛋的学生早晚也能端正自己的行为,并升入下一年级。"他停止讲话,这时教师跪在地上,和小女孩一般高度,并向女孩解释当她推男孩时,男孩的感受。"喔,这是另外一个更柔和的方式。"

他慢慢地将女人在水里旋转,完整的一圈,她现在看见女孩和男孩长高,长大,变聪明了。他们正站在音乐学院的教室里。男孩弹奏着古典吉他。女孩皱着眉头倾听,不同意他对某个乐章的处理。她的手伸出去——她是要再次推他吗?当然不。那只是孩子们所做的。她轻轻碰他胳膊,她已经明了触碰的目的是安慰,而不是打击。他看着她,笑了。

"同样的学生,同样的课程,"老人说,"你能猜猜是什么课程吗?"

"如何彼此相爱?"

"毕竟,这不是一个谜语。"

她以为在一个静寂的夏夜,她抓住的爱已经滑落,然后飞向天空。"为什么我必须要自己一人学习这一切?"

"谁说你是自己一人?你什么时候去过一个没有教师的课堂?谁也不指望你自己去学几何或微积分。"

"我不敢肯定我学过这些。"

老人笑了:"爱没有微积分难。不要让爱如此复杂。"

也许不是那么复杂,女人想,但还有什么比爱的情感那数学般的谜团更残酷、更残暴?它怎么能在一瞬间破裂为碎片?三减二怎么可能等于零?除法冷酷、干脆而精确,让曾经的整数变为余数。

她并不是唯一的一个人，在未被给予警告和告知原因的状态下，目睹爱从她生命中消失。多少年来，人们寻找其中的逻辑，为没有答案的问题寻找答案，寻找能将破碎生活黏合并重新赋予意义的公式。为了解决关于失去的简单算术题，他们设计了越来越复杂的方法。他们用代数：将骨头放在那里，破碎的部分被重新组合，一门修复缺失部分的科学。他们发明了微积分，针对事物如何改变做研究，从意思为"石头"或"岩石"的那个词开始——还有描绘"死亡"更好的词汇吗？"我们将确定未知的价值，"他们说，"我们将发现痛苦的意义。"似乎有某个原因，女人告诉自己。似乎有一个意义。似乎所有的智力活动都只是一个迷惑的、已崩溃的大脑循环往复的活动。没有减法的科学，没有从悲伤中获得意义的公式。关于失去，没有解药。失去无解。

她精疲力竭。她一直都在和这一难题格斗。能看出轮回背后的规律是一种进步；而选择继续重复是疯狂的。"我已经受够了教育。"她做出决定。如果拥有较少的知识意味着痛苦较少，她愿意选择拥有较少的知识，并不再学习。

"你需要学习更多，"老人对她说，"掌握材料，再回来教授。"

她仍然无法相信。决定都是她自己的，不管上学还是不上学。学校太难，课程让她心碎，考试折断她的骨头，而数学不能修复这一切。还有什么能让她一天又一天，一个肉身又一个

第五课　从头到尾

肉身，一生又一生地回来？

那一刹那，她恰好看了一眼湖面。一位梳着两条黑辫子的女学生在岸边休息。她正啜饮着一杯茶，小心翼翼地剥着一只柑橘。她们的眼神相遇了。女学生的眼中折射出金光：群山、记忆。她腿上盖着羊毛毯。毯子的边缘还未织完，永远不会织完，直到经纱最后一次缠绕纬纱，并拒绝分手。女孩朝女人挥手，带着温暖的微笑，拍着身边的青草请女人过去坐下。你来了，我的小鸟。

第六课　二重奏

你来了，我的小鸟。

是你！你真的在这儿吗？

我可能在别的什么地方吗？

你离开了我。你怎么可能离开我？

我曾是一个学生。现在我是一名老师。

但我却困在课堂上。

是的，我如此为你骄傲。

骄傲？你的死是我的错！难道你不生气吗？你是否后悔曾经遇见我，曾经爱过我？

后悔和爱不能分享同一个句子。

你不会受到谴责。这是我的选择。

我点燃了蜡烛。我让它有了使你窒息的力量。你被困在阁楼上。你别无选择，无路可逃。

在能量的火光闪烁之前，我的高我已经做出决定。你没有给予火焰力量，你将力量给了我。

你为什么选择离开我？

这是我给你的礼物。

礼物应用蝴蝶结包在纸里，而不是在悲伤和眼泪里。

如果我没有离去，你也不会离去。你不会贸然离开家的庇护进入森林的黑暗。你会保持安全和渺小。你是一颗橡子：休眠蛰伏的，等着成长。成为橡子没有错，只是你注定要成为一

第六课　二重奏

棵橡树。

我是橡树?

橡子终有一死。你显然并不那么认为。你认为它象征新生命。但生活凶狠残暴,它扯下所有的橡子并将之抛弃——它的身体,它的身份,它本身的存在。生活不源于种子,它杀死种子,但它让橡树生长。

我是橡树……

悲剧让你发芽生长。火灾或枪击,自己招致的死亡,一个出生时没有呼吸的婴儿:原因不如结果重要。这些都压迫着橡子。它们将它伸展,直到外壳再也装不下它。它的家被撞开了。你允许自己被转化为橡树吗?或者你放弃生命,决定永远不变为一棵橡树?

我是一棵橡树。

我也是一棵橡树。我们都在变得强壮。我们都在为我们的灵魂增添光环。

你真的在这里吗?
你真的在这里吗?
你真的在我后面吗?

在你后面,在你身边,越过了你。

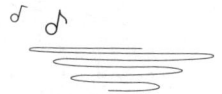

死亡是什么?

当我是个小男孩,我妈妈常常洗我最喜欢的毯子。她将毯子从晾衣绳上拿下来递给我,我把脸埋到毯子里。在那一瞬间,我的世界是完美无缺的柔软、清新、温暖。它就是那样,不同的是瞬间不会结束。

死亡不是石头构成的吗?

不是,它是爱构成的。

你现在在哪里?

在哪里之外。

你仍然存在吗?

夜晚,当我躺在床上做梦,你仍然存在吗?

当然。

当你睡觉时,你的神识会离开你的身体。它在飞。它和我在一起。它对上帝说话。它创造世界。你可以说,比起任何别的时间,它都更有存在感。

所以死亡就像睡着了?

不。活着像是睡着了,死亡是醒来。

第六课 二重奏

死亡是什么?

死亡是为了了解你活着的目的。

你为什么活着?

我活着是为了我能死去,是为了你能活着。

多么可怕!——你为我而放弃了你的生命?

仿佛让我为你而放弃一口呼吸。我曾为远非如此高尚的目的,百万次放弃过呼吸:一声叹息,一次哭泣,一次肺腑的呼唤。为何不能再多一次,为了给你注入新的生命?

死亡是什么?

它就像汽车追尾。是推力,是弹出,是一个小小的没有严重问题的休克。它趁你不备,或者你看见它来了,却不能躲开。你不是被推到街上,而是被推到另一个维度,在那里你可以清晰地看见整个完美的宇宙。

多么希望我也能看见。

你可以的。睁开你的眼睛。

此岸,彼岸

死亡会痛吗？

你在问我变成天使是否会痛苦？不会比一个婴儿变成孩子更痛苦，不会比花蕾变为花朵更痛苦。

死亡是什么？

这是最奇怪的事。它和别的任何事情都不一样。就像知道得比过去更多。你已经有过这样的体验。你曾经是一个不会说话、不会走路的婴孩，后来你的词汇扩展，你能够描绘所有你不曾描绘的事物。或者，你是一位音乐家，最终弄懂该如何弹奏高难度的一首曲子，弹奏出一个曾经很难、现在容易的乐章。当死亡发生时，你变了，但你没有停止存在！停止存在的是你曾经的意识水平。

所以，这一切都是老人所说的学校？他让我看见自己是一个上幼儿园的孩子，一路走到音乐学院。而且，我想，不只是那样。

是的。显然，一个学生上完幼儿园时，不会死去，只是作为幼儿园孩子的时光结束了。我想你会说，学生只是该进入小学一年级了。

那么，我们为什么如此害怕死亡？我们不因毕业而悲痛，我们庆祝毕业。

同样的原因，学生可能不愿意离开幼儿园。她可以四处跑动，制作艺术品，和小朋友们玩耍。她为什么要离开这一切？她不得不如此，因为幼儿园没有更多的可以教她的东西了。于是，她离去。她看见她的朋友们也这样，一切都很好。另外，进入一个新班级还能有全新的装备，这有点让人兴奋，难道你不觉得吗？

在这里，我还在哀悼你曾经拥有的身体，而你在为返校后的装备而兴奋。

有时候我们变得如此高大强壮，原来的旧衣服都穿不上了。

你不怀念那些你在别的生命中所穿过的衣服吗？你不为它们不复存在而难过吗？我会的。

你是否想念你在前世曾拥有的身体？

不。

这是你的回答。

你告诉我身体不重要，但我爱你的身体。我爱你小腿的曲线，你的微笑，你的思想。你手拿吉他的优雅，你抱着我时的迫切。你熟睡的声音，你的脚在床单里寻找我的脚。在夜晚你会触摸我，你的眼睛和声音赤裸着，你的灵魂赤裸着。你脸上的神情很快乐，但也带着对快乐的质疑——质疑竟会有如此的快乐，而且这快乐能够属于我们。

不要误解我。身体很重要。爱是内容；身体是方式。我们曾经的身体只是我们故事的一个篇章，它的每一页被翻阅着：一首诗，一篇祈祷文，一本神秘之书，一封经常被阅读的褪了色的、起了折痕的情书。月光下，我轻抚着你的后颈，将你的皮肤翻译为盲文。我会熬夜到天明，品味每一个单词，迷失在它关于瘀痕和亲吻的故事里，以及带来流血和伤痕的战斗中。

你所说的不能安抚我，因为你所说的是很久远的事。如果无人阅读，一本书还有什么用？你知道那些书页一定会感觉到的痛苦吗？我们的身体为什么如此脆弱？总是离开这个世界，并带走一切？

你听说过灯神的传说吗？一位灯神不知怎么被困在油灯里，如果施加足够的压力，他就能逃生。

是的，我知道。

我们的身体是油灯。当死亡来临时，就会有足够强大的压力让我们离开我们的盛器。灯神离开油灯后就不再存在了吗？恰恰相反，他的体积变得巨大，而且一直强大，他能从苍穹召唤一切愿望。他从烟雾中升起，站在你身边，但你却一直看着油灯！不要为油灯哀悼，不管它多美、多灿烂。它有灯神——有人甚至会说它将灯神困在其中——但当他从中挣脱之时，魔法便开始了。

第六课　二重奏

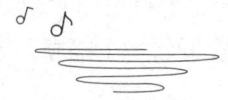

现在睁开你的眼睛。

我不能。

你必须。

你让死亡听上去绝妙无比,而生命——生命是如此悲惨。一个一去不复返的丈夫,一个没有出生的孩子。这只是我的一首悲伤小调。每个人都有自己的悲剧。他们的痛苦乘以我的痛苦。上一世,这一世,直到下一世:悲痛总有上万种组合方式。它不可计算,只会呈指数级增长,太多太多而令人无法忍受。

当你能唱情歌时,为什么要唱悲伤之歌?

我已经失去了我所有的情歌。我已经忘记如何演奏它们,忘记了它们的曲调。

你目睹了世界的悲惨,而且坚持要用痛苦来将痛苦翻倍。用欢乐来将欢乐翻倍,那么你将明白不可计算的真正含义。痛苦可能源于一堂课,但它不是一堂课。成长才是,爱才是。不要错误地把储藏室当成教室。

我找不到快乐,再也找不到了。

你可以。这正是我们要在这里做的。你是否知道,在一次生命中,你仅仅是为了在一个夏日夜晚获得快乐？你唯一的目的就是欣赏七月的艺术之美,为七月的画笔而兴奋。多么高进阶的选修课！而你多绝妙地领悟了主题。燥热退去,萤火虫像飘着的灯笼,你所在的花园发着光。秋海棠仿佛是魔术师,你被它的魔力控制了。薄暮降临,夜晚在你眼前延伸,发出各种可能的嗞嗞声。不要在意那一夜之前你所经历的岁月和洒下的眼泪,以及那一夜以后。生命是为了那一刻而存在的。这就是关键：那一刻可能是每一刻。它是你的选择。这就是灵魂转世的真正意义。我们并非一次又一次转世进入一个新的身体,而是进入一个新的时刻。睁开双眼。仅仅一天,世界就可以充满喜悦,而那仅仅是你甜蜜的小调。去乘以每个人,每一天,一生一世,也许你是正确的：它太多太多而令人不能承受。

如果你选择不留在这里,为什么我必须留在这里？让我去你那里,和你在一起。

你会的。而且,我本身就与你在一起。微风和雨露,拥抱着你,我的双臂也是微风和雨露。我通过芫荽和丁香对你说话,也通过知了的歌声。你路上的每一朵野花都是我的脚步。当你看见一路的野花时,我就在和你一起跳舞。

你说你就在旁边,可是我看不见你。

如果你睁开你的眼睛,你就能看见我。

我多么想念你。

想念我?就像我们同卧一张床,但只是各自进入自己的梦乡一样,我从未离开你。

现在,我们分享同样的梦境。

有时,我远远注视着你的梦,有时候你邀请我进入你的梦乡。

无论如何,每一个晚上我都和你在一起,就像过去,我唱着歌直到你入睡,就像我一直做的那样。

那么现在,请为我唱首歌吧。

不,现在是你醒来的时候了,不是睡觉的时间。

正是破晓时分。你该睁开双眼了。

我不愿意,因为如果我睁开眼睛,你就会消失。

如果你这样说。

不要离开我。再也不要离开我。

睁开你的眼睛。时间到了。睁开眼睛。

此岸,彼岸

第七课　主题与变奏

"睁开你的眼睛,"老人说,"是时候了,睁开你的眼睛。"

女人睁开眼睛,发现老人站在她的上面,早晨的太阳栖息在他肩上。她想关掉这一切,和她丈夫回到那个地方,在那里,他是坚实的,而不是影子。当睡眠是仅有的快乐,为什么要醒来?当今天是痛苦,为什么要有明天?在她的心里有个洞,梦曾经在那里。她渴望回到那里,在那里消失,回到她的过去。那里有着她所需要的一切,未来给予她的只有灰色和畸形的东西。

或者真的如此吗?如果她继续走在痛苦的路上,她的终点会是一样的。每一个脚步都和前面的一样。走到一边,转身,放弃这条路,然后彻底去别的地方——这将会改变明天的样子。从来没有宿命,没有终点。只有道路和可能性,向无限的方向延伸,等待被探索。老人如此告诉她。

"我们可以进入未来?"她难以置信。

"我们可以进入一个未来。"他纠正她。他的话再次将她带入汇聚了所有时光的湖泊。

这片土地满目疮痍、疲惫不堪。建筑物看上去仍旧时尚、整洁,土地却渗透着液体,具有传染性。我

第七课 主题与变奏

住在一个医院里,但我很安全,我是一位外科大夫。战争仿佛是机械、高效的调度员,确保没有一张病床是长时间空着的。它等着我们入睡,然后在黑暗中最大化地工作。

我将手放在我的病人身上,想哄骗出他体内的毒素。很难从血液中清除战争中的化学物质,从血液中清除恐惧尤其困难,二者都很致命。解除其中一个而让另一个得势是毫无意义的。

身体不再被切开、麻醉、孕育。我们在体外生殖婴儿。我不明白:如果我们能进步到创造生命,我们为什么不能停止毁坏生命?我们为了拯救生命如此奋战,而另一些人也同样奋战,但他们是为了终结生命。人类的科学一直在进步,但精神上却很原始,是危险的物种。

另一个医生站在我身边。他的头发和他脸上的胎记一样红。我的手放在病人的身体上,他的手在我的手上。我们的光汇集起来让她的细胞发光。我悄悄地爱着他,像爱兄弟一般,像爱我的病人一般,甚至像爱那些将毒液和仇恨释放到大地上的人一般,尽管那些人不会让爱在心中滋生。他们害怕爱可能会伤害他们。

我的一个病人仅仅是一个婴儿,她太弱小,无法抵抗毒素。战争接管了她的生命,现在正在宣布她的死亡。作为一名医生,由于职业训练,我已经习惯人类的身体偶尔会与自己斗争。但当人类的思想出错——当认为一个新生的婴儿值得攻击——那么,什么样的医学训练可以让人为此做好准备?

还有一个男孩,还不到五岁。他的创伤全部写在他的脸上。我用我的双手试图抹去这些文字,用新的故事来替代这些创伤。在新的故事里,仅有的战士是塑料和虚构的。只要可能,我就溜进他的房间,和他坐在一起,为了让他能放松入睡。我不用看,就知道他的内心,柔软而纯洁。我从未见过我那个还未出生就在大火之中失去的女儿,但他们的眼睛是相同的,都是他那样的眼睛。我知道,不用看。

从水里升上来是一种挣扎,关于未来的绝望像石头一样压垮了女人。她在一刹那考虑让绝望夺去自己的生命。她丈夫曾经告诉她死亡并不惨淡,但无人能许诺生活并不惨淡。

"战争演变得很复杂。愈合也同样如此。"老人指着她的竖琴说,"一直携带你的天赋所在是明智的。"

"我是一名医生,不是一名音乐家。"

"有何区别？都是治愈的工具。你所演奏的身体由神经和细胞组织构成，而非丝和柳树。你校音调整的是细胞而非琴弦，你让二者和谐振动。你已经知道如何用音乐创造白色的光。你很快会学会不用音乐也可以创造光了。"

女人伸出双手，抚摸湖面，试图感觉湖底深处那位受惊吓的小男孩，她曾尝试着为他编写一个童话。她伸出手去，她寻找，但她的手指抓不住滑溜的灵魂。在每一次生命中，它都在躲避她，游得更远，甚至再也不是她的孩子。她的病人，却是别人的孩子。

"你是母亲，"老人说，"只是不一样的方式。"

"那个小孩是怎么回事？如此熟悉，尽管我不知道为什么。这个孩子和我失去的那个孩子好像是同一个灵魂，如果不是，它会是谁？"

听到这个问题，母马抬起头，看着女人的眼睛，等待着辨认的曙光。

女人说："我不太在乎未来。"

"那么改变未来。"老人说。

"如何改变？"

"你的意思是什么,如何?这不是谜语。重新谱写吧。"

战争笨重地行进着。女婴死去,就像那个小男孩一样。我不能拯救他们。我什么也做不了。我的光微弱且寒冷。医院的窗户都紧闭着,毒素无法侵入我们,尽管我觉得它们一定已经进入了。还有什么别的能解释我身体内奇怪的、让我慢慢关闭内心并倒下的痛苦?我的同事们都主动帮助我,但我不接受。

我为什么活着,活着只能目睹孩子们死去?他们不让我把手放在病人身上。我的触摸像铅一样沉重。这会让病人很容易受到振动的影响、悲痛的感染。

老人摇头:"错误的方向。"

战争艰难地进行着。病人们对我的药物有反应。一天晚上,红头发的医生将他的手放在我身上,而不是放在他们身上。人们在我们的窗外杀戮。在我们的墙内,人们正在死去。但是我——我才刚刚被救过来。想想他一直在我身边。我从未想过去寻找埋藏在战争之下的爱。婴儿仍然活着,尽管不会多久。小男孩叫我母亲。

"幸福对你来说像什么？为什么会一直坚持战争？你如此害怕和平吗？"

我将我的手放在小男孩身上。他的血液充满生命力而且干净，就像吹过没有紧闭的窗户的风。我试着望向窗外，但似乎看不见，因为花朵遮住了我的视线。喔，又能见到花儿了！红头发医生在我身边，我亲吻了他脸上曾经被大火触碰的胎记。我爱他，不在乎那个胎记；我爱他，因为那个胎记。他问我是否准备好了。准备什么？去外面，当然。世界郁郁葱葱、生机盎然。我唯一照料过的苗圃属于玫瑰。男孩从我腿上爬过。我拔起一株毛茛，放在他的脸上。他闪着光辉，因为在他的生命中他从不知道恐惧。女婴变得健康了，进入了童年。她在田野里奔跑、旋转和舞蹈，快乐地伸展着手臂。她的腿很细，因为幼小而微微弯曲。她跌倒了，欢笑着，她站起来，她走了，向太阳奔去，从来没有追上太阳，但一直在努力追——

女人漂浮着。如果她尝试，会发现她不能待在水下。她没有失去她那未出生的女儿，在一个和毛茛以及奇迹一起闪光的男孩身上，她找到了失去的女儿。她的母马在那里，她的丈夫也在那里。他一直在那里。晶莹剔透的湖水就像一面棱镜把他折射到她注视的每一个地方。他将无数次转世回到她身边，仅仅为他某一世的肉身悲痛是多么的愚蠢。死亡不是损失，它只是一个机会，让我们可以用一千种不同的方式彼此相爱。

她曾经是正确的。没有他，就没有未来。但如今，这句话有了别的含义。

这一直是她的恐惧：尽管在过去，他一次又一次回到她身边，但他最终可能会决定不再回来。她怕他可能会触摸脸上的烧伤，觉得疼痛难忍——怕他会觉得她太痛苦了。

这是她的耻辱：伤口并非开始于火。不止一次，她的身体内藏着毒蛇——刻薄的言语，轻率的话语，各种戴着面具的卑鄙——从她的唇齿间流出来，咬噬他。同样的一张嘴怎么能同时习惯于亲吻和伤害？她出于爱而点燃蜡烛，为了让她丈夫在黑暗中走得更远。她点燃了蜡烛，同时又撞上门，导致了事故和悲剧。真正的伤害已经被原谅。一次又一次被原谅。

她用一句唐突无礼的话伤害了他。他用背叛的矛射向她。她划动火柴，他走向火焰。情人们学会了一百种伤害彼此、划下伤痕的方法——用武器和语言（或保持冷漠，没有语言）。他们个人化的武器有很多。他们发起冗长的战争，一次又一次。然而，即使是最苦涩的一方也会发现他们彼此隔着开满鲜花的窗户对望。很容易地，女人和她丈夫成为敌人，彼此造成伤害。

但他们又是治愈彼此的医生。

　　这里是未来，所有的未来，她再一次在他的臂弯里，死亡未曾将他们分开。很多个世纪过去，仿佛一瞬间，并无任何持续的影响。就像被他抱着的她，沉沉睡去，入夜后他们分开，但早上醒来她发现自己仍然被他拥抱在怀。固执地留在梦中和过去，就是对等待着她的阳光闭上眼睛。她现在明白，明天，不是一件可以逃避、可以抛弃、可以让希望远离的事情。明天，是你的奔赴，你旋转着、舞蹈着，高兴地张开双臂，你永远抓不住明天，但你总在努力。

第八课　附点音符

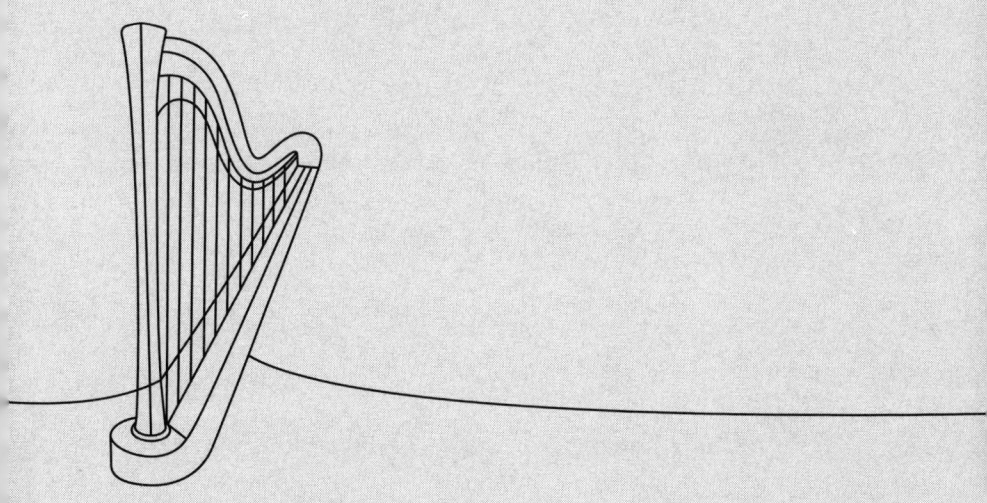

老人说:"你已经看见过去。"

"是的。"女人回答。

"你已经看见未来。"

"是的。"

"它们已经带给你一些安慰。"

"是的。"

"好,请把它们都忘掉。它们不存在。它们从未存在过。"

"只有一个时刻:现在,当下。时间暗示着更多。没有更多。只有一个地方:这里。你在这里——现在,当下。"老人暂停下来,思考着湖泊以及所有在湖里的人。"时间怎么能是幻觉,如果你置身于时间之内?如果你在湖水中,湖泊怎么可能不是真的,而你是真的?那么,你是谁?"

他抬起手臂,向两边一扑,将整个湖泊掬于手心,湖化为一滴水。"这就是时间。"他说。他轻轻地吹起水珠,直到它飘走,成为一个泡沫。"它走了,去那里了。但你还在这里,在它之外,还活着。一切为什么会这样?"

他张开双臂,湖泊再现,和过去一样清澈宁静。这里,消失了;这里,消失了。时间的潮水,将她拉入它的深处,再放开她，让她栖息在湖畔，将宝物存放在她脚下。温柔涌动的浪潮既不带她到任何地方，又将她带到每一个地方。

女人望着湮没她丈夫、她孩子、她自己的无底湖水。凝望湖面，她看见了自己的脸：宁静而永恒。它不是敌人、不是强盗、不是怪兽。它仅仅是借给她生命的六亿次呼吸。她坠入其中，于是时间包围了它；她浮出水面，时间就从她身上消失。如果老人能让湖泊一次性地永远消解，那些点缀在湖岸上、像鸟类一样的生物不会随之消失，它们只会乘着水银与记忆的翅膀远航。当飞向新的鸟巢时，羽毛上会长出银色的条纹、白云的斑点。

但如果时光并不比一个飘着的水泡更长久、更不易碎，那么在时间之内经历的一切又会怎样？是否也同样短暂易碎？

她的手指在水中旋转。她不假思索地说："那么，时间是我们来到这里要学习的内容之一。"

"当然，如果你是物理学家。"

"这不是重要的一课吗？"

"是传达课程的载体——课本，而不是它的主题。"

时光之湖，文学之书：内容比装载内容的盛器更重要。二者都允许炼金术一般神秘的力量。二者都会在灵魂上留下自己的指纹。一本书属于内在空间，超越时空。读者能够沉浸于书页中，游荡在文字里，将书放下，离开书，多年以后再回来，甚至在它的作者死去以后再回来。它改变人的意识与心灵，当书被合上，被放回书架，它里面的事件纯属虚构而非真实，但它的影响力却不会消失。书可能被毁坏，它的文字在书页上被抹去，但不会从读者那里被抹去。物质世界也一样。现实可以随着老人的挥手而消散，随着女人心灵的启迪而消散。媒介来来去去。洞见则永存。

他对她说："你认为有一个你，有很多个时间。一个稳定的、持久的自我，还有昨天，下个月，800年前，8月16日，童年，早上9点，秋天，公元前480年。对你来说，时间是一条线——一条时间线——同一个人日复一日行走的一条线，朝着同样的方向，从刚出生到头发花白。相反，如果有很多个自己和一个时间，情况又会怎么样？几秒钟前和几秒钟后的你是完全不同的自己吗？昨日的你，去年秋天的你和明年秋天的你，800年前的你和800年后的你，幼时的你和年老的你：无限的你同时存在，同时发展。然后，没有线条，只有一个单一的标绘点。而那一个单独的点，那一个点，是无限的，包含着你所有不可测量的变体。"

在他说话的同时，她的双眸发生了变化，她所看见的不再是一个老人，他的皱纹全部消失，他的身体变得和年轻人一样挺拔，然后又缩小为一个小男孩。她眨着眼睛试图对他重新聚焦。他将手放到她的手上说："没有关系。让它去吧。"

第八课　附点音符

她的问题是真诚的,她迷惑不解。"如果只有一个点——包含着我所生活过,而且将继续生活的每一次生命——十亿个我同时存在,那么我是何时出生的?我又何时死去?"

他给她的笑容很灿烂,没有牙齿,是婴儿和老人都会有的那种笑容。

老人在女人面前挥动手臂,她再一次看见草原、武士、鲜血。她呻吟了。她无法忍受这一切。

他充满同情心,同时也很坚持。"改变你所做的。"

"我无法改变过去!"

"谁说的?"

"已经发生的事情无法改变。这没有任何意义。"

"在时间的线上,这毫无意义。当每件事情都同时发生时,没有什么比这更容易了。没有过去。在草原上持刀的你,在湖畔牵着母马的你,在战争中和病人在一起的你:他们都是现在的你。他们都是在那个大圆点里的现在的你。触碰他们某一人,就触碰了他们所有人。"他弯腰从地上捡起一颗鹅卵石,将它掷入湖心。涟漪以圆圈状扩散开,扩散到她脚下,扩散至武士的赤脚。他的手被一个年轻的母亲和她的孩子紧紧抱着,他们瞪大眼睛看着他的刀,还有他那可怕的咧嘴笑。

武士的手握着刀,女人的手握着历史:感觉同样沉重,同样危险。"我该做什么?"她问。老人说:"你想做什么?"

看着我,她命令武士,她与他相隔着一千多年,却只是一念。他不解地转身,不知道声源何在。他与她四目相对,不寻常的感应在他们之间流过:奇怪地认出自己的灵魂在另一个人的身体中。让她吃惊的是,她不是对受害者升起最大的慈悲心,而是对另一个自己。不会有事的,她告诉他。我们不会有事的。你过去不大知道,但你正在学习。她突然想到未来的某一个自己正在观望着躺在草地上的她,传递给她同样的精神讯息,当时她的房子和丈夫正在被大火吞噬。

武士不再冷漠。慈悲?这让他的刀变钝的东西是什么?他瞪着女人。她发光的眼睛里有答案。他将武器放在地上,从母亲与孩子身边退却。母亲意识到正在发生的事情,以及没有发生的事情。她把孩子紧抱在胸前,跑开了,老鼠逃脱鹰爪。

目睹这一幕的女人在意念中跟随着母亲。她看见母亲冲入家门,投入等待她的伴侣的怀抱。她描绘与死亡的擦肩而过。她的脸庞反映着一个真实的故事:我能想到的全是你,我们在冬夜的初吻,你的睫毛上点缀着雪花,你的触摸让我变为春天。

她的伴侣如释重负,长长地呼出一口气。卸下的重负难以描述、难以触及,再也不是他的。当武士清空了这个男人妻子

第八课　附点音符

和孩子的腹部，这个男人的腹部就会被仇恨和绝望填满。这一次，武器被放下，整个家庭未被伤害，他将不会吞下仇恨，将永远不会知道它辛辣的滋味，以及它如何切割口舌。女人仿佛看见一个艺术家站在一幅铅笔素描前，小心仔细地擦去她作品的一部分，再更精细地、更小心翼翼地，画出更精致的东西。

母亲之后多次成为母亲。她的那个孩子和孩子的兄弟姐妹长大后成家，一代又一代，子孙满堂。他们将漂洋过海，到达新的大陆，建设欣欣向荣的城市和文明，他们的后代的后代将居住在地球的每一寸土地上。他们都诞生在武士放下屠刀的那一瞬间之后。

触摸他们中的一人，就触摸了他们所有人。

对武士而言，那一瞬间不是诞生而是死亡——他内心的战士之死。一个新的部分在原来的位置上生长。现在他知道慈悲，尽管不知道该如何对待慈悲。他对谁测试这个理念？附近别无他人，除了一棵树，没有花，光秃秃的。没有别的办法。他照顾着它，为它浇水，对它谈起阳光和阴影。这棵树从不知道花。武士向它讲述花的故事。在他的关照下，它的根延伸繁殖。它一木成林，动物们在它的树荫下得到庇护，牧民们因此得到木材。慈悲。武士给了树生命，它现在要回报他。树发现有一只饥饿的麻雀藏在灌木中，它撒下种子去喂麻雀。一粒被吞咽的种子将不能生长，但为了武士的未来，树愿意放弃自己的未来。像树一样，麻雀能陪伴武士。它能为武士歌唱，而树却不能。

武士从未见过这样的鸟。他每个清晨都倾听它的音乐。他们交换旋律，学习对方的生命节奏。对血的渴望变为对歌的渴望。武士变为音乐家。

小鸟对翅膀感到很新鲜。它的前世曾经是微风、激流；今生，它必须学会如何在风的激流中飞翔。有一天，它会用腿飞，而不是靠羽毛。风，它的前世，会驱赶着它的马蹄、拍击它的鬃毛。而武士，会成为骑在它背上的女人。她也会感觉到同样的风吹过她的头发，当它穿梭在她的竖琴里，在琴弦上弹奏着麻雀的歌。

慈悲并不是善心之举，而是善行创造的倾泻之流，就好像一个瀑布。

女人看见武士没有从母亲和孩子身边退却，他的暴力冲动也没有消减。当她感知到这一切时，发生的事情先后停止并逆转：一代代的人倒下，一位孤独的伴侣因为喉咙里的愤怒窒息而死，战士既不知道麻雀，也不知道歌声。"如果我没有杀死他们，而是在孩子面前强暴了这位母亲，或者偷走他们的财物，

第八课　附点音符

或者只是朝着他们大吼大叫,然后继续我的路,那依然会改变一切吗?"

"不会如此急剧,"老人告诉她,"因为每一个行为都出自残忍,残忍就是残忍,残忍之程度没有残忍本身那么重要。不过,你不需要每次都依靠拯救一个生命,或者放过一个生命来创造这个反应链。它可以始于一些安静的事情,比如给一只饥饿的麻雀喂食,或者投入你的家人爱的怀抱那样简单。"听到老人的话后,瀑布再次向前奔流。他带着渴望的神情看着瀑布。"要是人们能明白地球是如何将善意开启并推进的就好了。"

女人的思绪也奔涌着。她能够放下屠刀,改变生活的道路。她能用一根火柴带来同样的改变吗?"如果我们能改变已经发生的,我将抓住那支烧掉我家园的蜡烛,或者永远不点燃它。"

"是的,"他说,"虽然你不必那样做。在另一个世界里,你已经做了那些事。在另一个世界里,能量不灭,并没有掉下来的蜡烛让你去抓住。在那些世界里,你丈夫和女儿都活得好好的。"

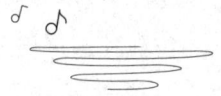

老人跪下,在青草中拾起一朵雏菊。每一片花瓣都围绕着

黄色的花蕊——对女人来说，有着无数片花瓣——花瓣上都有一滴露珠。

"做决定吧，"他告诉她，"宇宙一分为二。你所选的宇宙是一个选择，另外的一个是第二个选择。在子宇宙里采取行动，它们也将一分为二。所有的宇宙都同时存在，平行而且远远相隔。它们会导致完全不同的结果——也许不会。它们是你的现实，都是如此。"

女人亲眼看见一个世界能够分裂，生命能分裂成孤独，妻子能分裂为寡妇。过去与将来，源头与碎片。但要同时生活在过去与将来？这不可能。最初的那个人，拥有幸福的那个人，已经分裂为无数碎片了。

"试想有一天早上你穿好了衣服，佩戴上金色的项链坠子。"老人摘下一片雏菊花瓣递给她。花瓣上的露珠就像一个水晶球。她看见自己在里面，系好项链的扣子。"或者你决定颈项上什么也不佩戴，而只是用香水。"他给了她另外一片花瓣，在这片花瓣上她看见自己颈项赤裸，毫无饰物。

女人将两片花瓣都还给老人。两个不同的世界？唯一改变的只是她的首饰。

"看仔细些。"老人说。

她审视第一片花瓣。她看见自己佩戴着一条项链，走进一个市场，等候购买芫荽和丁香。店主注意到她颈项上的金坠子。

他两眼发光。"我奶奶佩戴的项链和你的很像,"他说,"我爷爷在他们结婚的那天晚上将那条项链给了我奶奶。她在坠子里放着爷爷的一缕头发。有一天晚上,她给我盖好被子,让我触摸了项链。那是我以最近的距离拥抱我爷爷。"女人在柜台前留步,被分享的这一段记忆感动。他们都笑了。她谢谢店主,离开商店,向右转。朝家走去。

她将注意力转向第二片花瓣。现在她没有佩戴坠子,进入市场,等着购买东西。店主对她点头,什么也没说。她离开商店,向右转。在这一脚本中,时间要早几分钟。这时正好有一辆公交车驶过,将她卷到了轮子下。

"这个表达你观点的方法非常戏剧化。"她生气地说。

老人笑了,递给她另外一片花瓣。

她看见自己躺在车轮之下。只要有足够的努力,她可以试着挣扎出来,但这需要她竭尽全力。她放弃了。因为流血过多,她失去了生命。

女人将花瓣扔到草地上。母马感到好奇,细嗅着这个被抛到一边的世界。

一片花瓣:她努力试图将自己从车下拖出来。一辆救护车到达,将她救出。她被迅速送入了手术室,外科大夫们一起缝合了她的后背。她恢复健康,出院了。她走出大门,与一个医生相撞。医生搀扶她,帮助她站稳。他看着她,无法移开视线。

她没有放开他的手。他们将结婚，让彼此进入爱的秘密世界。几十年之后，了解了爱的无数奥秘后，他们死去。

另一片花瓣：她恢复健康了，她出院了。她从大门出来，一个医生正进去，他们相撞了。医生帮助她站稳，他看着她，视线移开。"走路得小心，"他低声抱怨道。她放开了他的手。

一片花瓣：那个错过了爱情的医生来到乡间无人的小屋，与外界毫无联系，并未得到满足。他不知道该如何填补他空虚的时光，他开始酗酒，因此而早死。

另一片花瓣：那个错过了爱情的医生来到乡间无人的小屋。他与外界毫无联系，得不到满足，便开始将空闲的时间投入工作，终于找到了治愈癌症的方法。数百万原本会死去的人如今依然活着。

一片花瓣：癌症病人没有得到及时的救治而死去。

另一片花瓣：癌症病人得到及时的治疗，继续活着。

一片花瓣：一个被治愈的癌症病人穿好了衣服，佩戴着一个黄金坠子，或者颈项上没有任何饰品，只有香水。

当老人摘掉每一片花瓣，另一片新的就会长出。他手里的雏菊是永远不会终结的雏菊花环中的一朵。他将花环佩戴在女人的颈项上、手臂上，让不可思议的花朵覆盖着她。"当你向右转，这一切将发生。如果你向左转……"他说。还有雏菊，到处都是雏菊，每一片花瓣都是围绕着同一个太阳旋转的无数个世界中的一个。

"有很多个我，在同一世。"她回答。她的思想敞开，融入宇宙。

女人躺在草地上。母马躺在她脚旁，竖琴在她手中。她打开《音乐课》一书，开始看着，希望能找到一首新曲子来练习，但只找到了最基本的要求：

弹奏一个音符。

弹奏一个音符？她思忖道。之前，她几乎不能集中精力，也不知道如何使唤手指去弹奏书中那复杂的旋律。如今，难道这本书已经变成了她的启蒙课本？

这是一个创作练习，而不是表演。

仍然带着怀疑，她拨动琴弦。琴声掠过湖面，被湖畔银色的灵魂听见。琴声让它们默然静寂，想起了悲伤往事。它们原本已经忘记悲伤。它们失去了人类的肉身和生命，也再未听说过悲伤。眼泪，就像所有的水一样，一旦从湖面升腾，就将很快干涸。音乐让它再次固化。它像幽灵一样经过它们——无形地、狡猾地——用已经忘却的很久以前的感情来萦绕它们。如此这般，声音成为超自然。它救赎心灵，带回死去的记忆。

如同这些感觉悲伤的灵魂，宇宙刚刚被撕裂。在其中一段，女人弹奏着D音，令所有的聆听者悲戚。在另一段，她同时弹奏两个音符；在另一段，她无法选择，所以什么也没弹奏，但是宇宙依然分裂，因为不做决定就是做决定。

她拨动另一个音符，和另一个，于是宇宙继续分裂……

一次……

又一次……

那只是一个音符。试想一整首歌。

那只是一整首歌。试想一整个生命。

她心灵的眼睛看见了无限。一旦被瞥见，它就迅捷地溜走了。也许，指令并不如她所想象的那样基本。也许，整首交响曲都包含在一个音符中。

有一种理论可以解释所有这些宇宙是如何形成的。

她一边弹琴一边阅读，拨动琴弦的指尖召唤出新的领域。

它被称为弦理论。

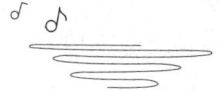

音乐是声音的宇宙，不断扩展和分裂。乐曲被雕刻成乐

章和段落。二分音符分为四分音符和十六分音符——同样的旋律,但持续的时间不同,效果也不同。多种音符的和谐,多种旋律的对位,多种乐器的管弦乐队:独立的领域,并行演奏。

作曲家必须要从大量令人无望的纷繁杂音中整理出秩序。同时演奏每一个音符,一个巨大的,包括一切的点,将产生混乱。什么也不弹奏将产生寂静。但把它们巧妙地间隔在时间的权杖上,就会产生一部杰作。

因此作曲家将乐曲分成小节和节拍。音符被牢牢控制在小节线中,被告知何时响起或消失,何时出击或衰减。它们被赋予限定的边界。你将持续8个呼吸,不能更长。它们的时间是固定的;但作曲家的时间是流动的。她能够快速或者慢速,将二拍变为三拍,也可以把进行曲变为华尔兹。她知道美不在于音符能持续多长,而在于它所发出的声音。

也许,女人想,我们的作曲家也对我们做了同样的事。为了避免永恒看上去太长、无限看上去过于喧嚣,作曲家给我们的存在设定了尺度,将它划分为年、世代、轮回。我们以节拍和生日计数。我们从寂静中出现,又消失在寂静中。这并非惩罚或诅咒,仅仅是为一首歌分配拍号。毕竟,如果没有节拍,怎么可能有舞蹈?

我们的作曲家之所以如此不是为了让我们遭受什么,而是为了让我们成为音乐。

"有一个世界,在其中我们进行着对话,在另一个世界,我们没有这样的对话。"女人说。

"我们进行着对话的这个世界来自你丈夫死去的那个世界,如果你没有带着悲痛离开你的家,没有冒险进入森林,我们也不会相遇。顺便说一下,这是一个作弄人的问题。"老人在草地上坐在女人身边,他的目光穿越时间,"如果你的丈夫没有死去,一个午后,你正在晾晒衣服,将衣服从绳子上收下来,这时一头野猪跑来,将你丈夫的黄色毛衣叼走。你追赶野猪,因为这是你丈夫最喜欢的毛衣。你追赶着野猪穿过森林,直到你从野猪嘴里抢回毛衣,结果发现它已经沾满灰尘和毛发。你决定到附近的湖泊清洗它。当然,那是时光之湖。我正坐在湖畔,等你。总有些人是你必须遇见的,无论是通过悲伤还是野猪,或者是命运其他的代理人。当然,如何对待这些相遇由你自己决定。"

一定是如此,女人想,在时光的流水中,她一直在遇见她的丈夫。如果她向左转或者向右转都能找到他,能够潜入梦中或者湖中找到他,将自己伪装成一个猎手或者一朵莲花,仍然能够找到他——那失去仅仅是幻觉,是自己创作的谜语。

她热血沸腾。有一个世界，在浓烟将他窒息之前，他已逃亡了。另一个世界，厨房的门静静地关着。还有一个世界，她看见了火焰，跑过去扶起倒下的蜡烛以及整个家庭。在那里，他和孩子生活着，或者他活着、孩子死去，或者孩子活着、他死去，或者他们活着、女人死去。在未被告知的维度里，他们在一起，但她却一直以为他们是分开的。如果她选择另一个世界，会怎样？那是否可能？无限又在这里，从她心灵的阴影里冒出，让其存在被感知。

老人的手扫过云朵。太阳从他的指间沉落，蓝色变为黑色。在黑暗中，月亮和星宿重回自己的位置。"试想被数十亿颗兄弟所包围的一颗星星，以为自己是天空的唯一。"他说话时，一切都消失了，只剩下一颗小小的、闪烁的球体，在浩渺的太空中毫无意义。"你知道这是一个错误，因为你看见了别的星星。并非因为这一颗星星看不见它们，它们就不在那里。如果能意识到它只是银河系中的一员……"他说道，夜晚再次变得灯火通明。

可能性让女人失语，她在老人的眼睛里，看见星星在天空旋转。当她感知到这些星星时，当她说出它们的名字时，一些星星已经陨落。星星是彬彬有礼的。有一些不再闪烁，渴望被遗忘，坠入了她无法想象的深深黑洞，在银河里滑落，重生为一颗新的星星，或者紫丁香，或者重生成为和她一样的生命。她坐在甚至不存在的未来的某个时刻上，注视着那些已经消逝已久的美丽星体。那是死后的光芒，死后的生命。

时间并不是一个难解的谜语。它的答案其实总在这里。而死亡不是一个不可征服的阻碍，它并非由石头构成。这只是把自己囚禁在痛苦岩洞中的人的视角。她几乎控制不住想笑。天空向她展示了所有答案。没有终结！即使宇宙中最庞大的生物也不能掐灭生命。是什么让她以为自己具有如此的能量？

老人将她的手握在自己手中。此时，大地颤动，在他们脚下分裂：一个抉择已定。

"我想象着，在一个世界里，我们离开你。"她说。

他微笑着回答："时间到了。"湖泊隐退为一团雾，而他也消失在雾中，留下女人和母马在空地独自站立。她推着母马，将它领向与森林相反的方向。现在已经没有回去的路了。

但很奇怪，这一切没有吓倒她。

"恐惧有什么用？"她对正小心翼翼地踩在落叶上、不愿意迈开伤腿的母马说。女人没有任何犹豫，她的双脚和思想都往前奔去。"你是不会死去的，我已经看见了！我的丈夫，我也发现你了。国王和王后告诉我不能回头看你，的确如此：我不能回望。我也不能前瞻。只存在这里，只存在现在、当下，而你在这里，我知道这一切了。他们并非在警告我。他们在教导我。"她眩晕了，她的话语往空中飘去，飘向群星。群星在一万亿年前听到这些话。"没有死亡，而且我永远不会死去。"

刚说完这句话，她就踩到一条蛇。蛇咬了她，她死去。

第八课　附点音符

第九课　弦外之音

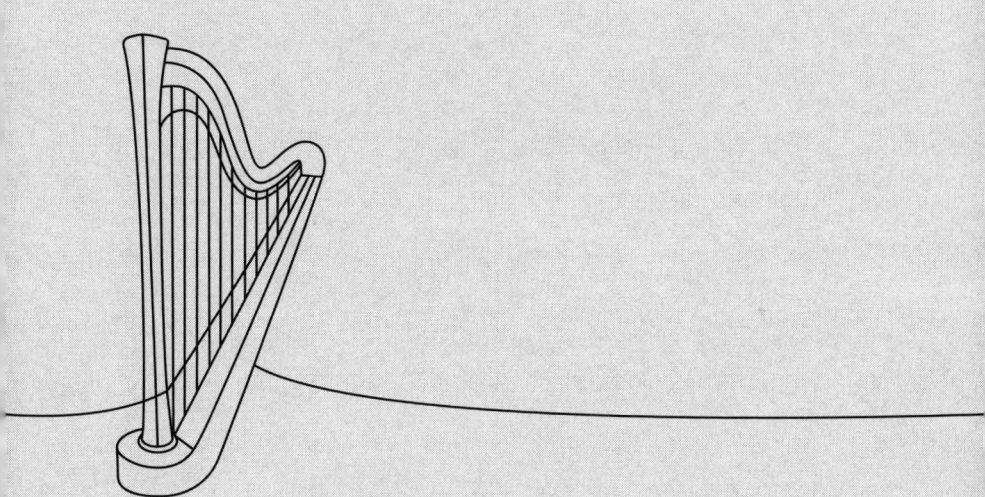

沙滩。海洋像她的灵魂一样，是银色的。云坠入海，海升为云；同样的水，在物体间流来流去。浪涛破碎了，然后又自己缝合。蜗牛的骷髅再生为贝壳。贝壳的骷髅又再生为沙。死亡与诞生，潮汐与潮落，无尽的浪潮。

女人站在海岸线上。激浪舔舐着她的脚趾。她的脚小小的，她的脚印浅浅的。她俯视着它们。它们是她的，但它们属于一个小女孩——很多年前的一个小女孩。女人置身于一段她不记得的记忆中。尽管这个记忆一直在这里，寂寞而耐心，等着她的回归。

大海温暖地抚慰着她，仿佛母亲在呼唤着她的名字。大海的声音越过海岸和海水进入女孩的耳朵，经过几十年和死亡才能到达女人的耳朵。母亲看见逼近的浪涛带着愤怒和胁迫将要淹没女孩。"来吧，来吧。"她向女儿喊道，满是担心。可是女孩正在注视一只海鸥驱逐和吞噬一只离群索居的螃蟹。她正筛着沙子，呼唤着贝壳具有魔力的名字——天使的羽翼、流血的牙齿、狮子之爪、婴儿的耳朵——什么也不能让她从这一瞬间移开。

波浪涌过来。她的父亲冲过来，救起她，将她举到空中，举得如此之高，使她以为她能用手捧起太阳。父亲的出现和飞翔带给她的兴奋令她尖叫。他背光，所以她看不见他的脸。脸并不重要，脸毕竟会改变。重要的是她所见的：纯洁的爱的剪影，那让你升入云霄的感觉。

波浪滚卷着扑来，但未能抓住她，带着受挫的喊叫后退而去。父亲放下她。她也像这潮水一样，升起又退却。她深深地投入他的怀抱，品尝着自己嘴唇上的盐味，聆听着大海和海鸥刺耳的唱诵。女人明白了这就是为何她的灵魂沉入时间和身体的原因：体验赤脚在浪涛里的狂喜，陶醉地跌入你所崇拜的人的怀抱，欢乐如此巨大，幸福如此巨大，以至于不得不在笑声中逃离身体，否则身体会破裂为碎片。

她现在再度感知到这一切。现在她明白了。

现在她知道了，天堂不在别的任何地方，就在她的当下。音乐就是母亲呼唤她的声音，没有任何琴弦能复制它的华丽。她的母亲，在无数次生命的轮回中，都珍爱着她的父亲，在这一次生命中，却有意选择了一个还在年轻活着时就会腐败的身体。这是一个机会，而不是一个悲剧。他对她的照料映射着她对他的爱，而不是他对她的爱。在疾病的丑陋中发现无条件的爱之美，还有比这更好的净化方式吗？让他的心灵更细腻，让他的心灵更坚强更柔软。当时光收走他最后一口呼吸，在同一个沙滩上，他就像他女儿现在一样，他的妻子重获健康，所有的疾病、痛苦、损失都被抹去，仿佛从未发生过——也许他们的确从未发生过那样的事，因为在这里他们又重新在一起。她的头发被风吹得凌乱蓬松，但她却容光焕发、光彩照人。他将他们的宝贝女儿举得尽可能高些，然后他也站起来，越来越高，直入云霄，接近太阳，或者他就是太阳？

现在她明白了：她母亲，她丈夫，还有她那未出生的孩子都出于爱而舍弃了身体，这样做的不只是他们。蜗牛如此，所以隐士和人类可以享受它们的贝壳。贝壳也如此，它们布满沙滩，将坚硬的石头变为沙。她知道螃蟹是爱的大师，为了长久维持、滋养海鸥，它心甘情愿地把自己交给海鸥。它眼放光彩地对海鸥说："我活过，所以我将死去，为了你能活着。"螃蟹被她称为螃蟹，其实是神一般的某种东西被装进了一个小小的、横向爬行的身体。死亡被她称为死亡，其实只是两个躯壳之间的一段时光。当旁人为它旧的躯壳而站立一旁哭泣时，螃蟹已经在为脱离它背负的重负而喜悦。当旁人还想着那空壳并为之悲伤时，螃蟹已经飞过赤裸的、闪光的、无限的天空。

她现在明白，浪涛是在爱意中靠近她，而不是在愤怒中。它的整个生命——它的诞生，它的长大，它的死亡——皆精心编排，为将小女孩带入她父亲的怀里，让他们一起舞蹈。如果不是如此，她父亲能将她如此高举吗？她又怎么能触摸云彩？她知道它为此而走过海洋，为了这一瞬间。当浪涛不再被需要，它将自己的身体向着海岸松开、释放，带着满足的叹息，光荣地死去。而大海将浪花拥抱在自己的怀里,低语道:"欢迎归来。"

现在她明白了——现在她忆起了——死亡只不过是生来就知道:一切,一直,都是爱。

第十课　摇篮曲

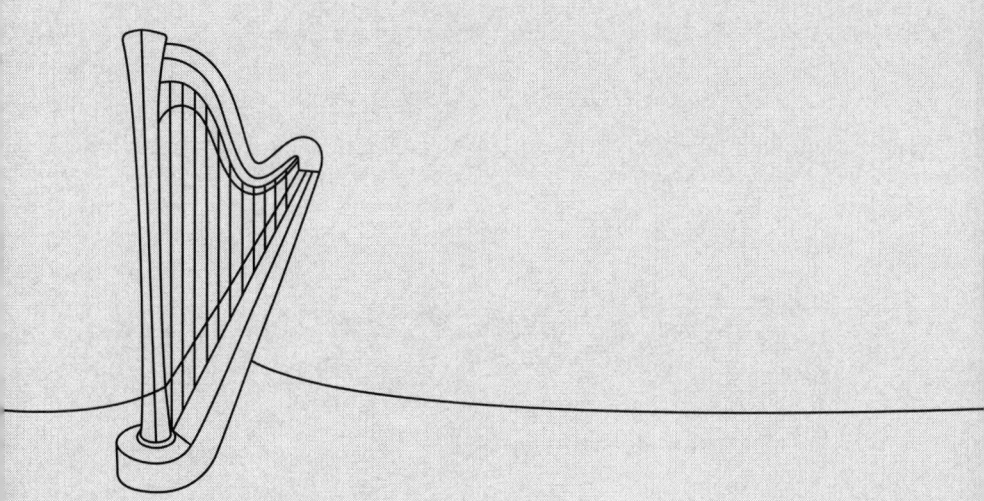

关于沙滩的记忆淡出，因为它已经达到了自己的目的。海鸥散去。螃蟹像烟花一样熄灭了。大海离去，露出一片森林，与躺在地上已经没有生命的人类身体紧抱在一起。

女人从上面往下看，睁大眼睛看着自己。她的头发铺洒在长满苔藓的地上，泥土是她的枕头。她的皮肤仿佛变色龙，闪着各种色泽——红色、紫色——直到最后变为灰色。母马一瘸一拐地狂乱地来回踱步。多次生命以来，它已经失去她很多次。它知道死亡，它拒绝死亡。母马变得越来越疯狂。女人却不是这样，她自己还咯咯地笑了。这就是人们如此害怕的事情吗？日常生活其实更具威胁性。死亡仅仅是房子里的一只猫；生活才是雄狮，震耳欲聋地咆哮，露出血盆大口和利爪。

她已经死去！她已经走上前去，并完成了这件事。她之前常常都在想死亡是什么，它会有什么形式，有一个明确的答案是令人心安的。毒蛇的一口，所有事物的蛇之吻。她曾围绕着如此之多不同的可能性舞蹈，等着跳到最后的舞步。她常常设想年迈的自己枯萎地躺在床上，她的脸被年龄吞噬，她的呼吸以礼貌的方式停止。但她丈夫不是教过她死亡会以意想不到的方式宣告自己吗？以各种炫目的技巧和方式来临。

她第一次俯视自己，也是唯一的一次。非常怪异的感觉，就像走过一面意想不到的镜子，而且突然认为她的镜像是另外一个人。她曾总是很留恋自己的身体，那时身体就在眼前，她怎能不留恋呢？但现在她已和它相隔了时间和空间，她什么也感觉不到了。她是橡树，橡树不会为掉在地上裂开的橡子，跪倒在地哭泣。

母马惊慌地嘶鸣着。女人没有听见——但女人看见了。母马每次张开嘴，都会滚落出小方块状的物体，一个接一个，成为一条链子，延伸向已经很遥远的女人。她触摸离她最近的方块，感觉它的纹理。它是由恐惧构成的，棱角是锋利的锯齿。当母马从视野中消失，链条也越来越长、越来越稀疏。看见她的朋友处于痛苦之中，她很难过，但能与如此的痛苦保持距离，她心存感激。她怀疑她丈夫的灵魂在缓慢上升时是否也具有同样的感受——也许他看见她躺在草地上，他听见她的尖叫声，由尖刀和玻璃碎片组成的方块链条传递给他。而摆脱了生存的痛苦之后，他只感到释然。

夜空笼罩着女人，形成包围她的海洋，而她是海洋中的游泳者。星星从她身旁游过，就像银色的小鱼。与其说她在漂游，不如说她在融化。她变得越来越小，变为自己的一小片，就像浪花里的一个泡沫。为了挣脱身体紧箍的束缚，变为虚空和一切，她如大海泡沫中最小的飞沫，融入水，不是变为潜水者或者俯冲这个动作，而是变为被潜入者——啊，我的母马，她想到，唯愿你能知道真正的自由为何物。她在悲痛中是多么自私啊，呼唤丈夫从时光之湖中回来、束缚他。可他为什么要离开这一切?

他会为她而离开这一切。

她继续缩小,从人变为颗粒,从颗粒变为虚无。她没有思想,因为她没有自我。她是光速,而且她就是光。当她变为光,她意识到自己是光,意识到包围她的海,海的黑暗一定意味着它就是他者。有了这样的想法,她的意识再一次形成。她所有的碎片再一次聚合。她没有生命已经多久了?一百万年,蜉蝣的一生。断奏与延音。

大海浓缩,紧压着她,在她的光中塑造着一个身体。它由于受压而悸动,以原始的敲击节奏收缩和放松。节奏加快。每一次收缩都将她往前推,她不知道朝着什么方向。她能识别的是一个声音,越来越强,越来越近:毫无疑问,这是一个孩子的笑声。

女人四周的亮光、温暖以及游动的群星如此之美,女人为此而哭泣了。现在她明白了新生儿哭泣的真正原因。而且,如果他们的死亡之日其实是生日的话,他们的生日也一定是死亡之日:告别海洋,与群星一生一世的分离。这,也让他们哭泣。

一切都变为蓝白之火,以最令人愉悦的方式令人眼花。女人什么都看不见。她不知道自己是否已经停止存在或者已经开始存在。护士们抓着她的双肩。海洋将她倾倒出去,然后融入夜空。她被送入一个一直在等着她的怀抱。她之前听见的笑声像水泡一样地冒出来,而且成为溢满她脸颊的亲吻。她眨着眼,她看见的眼睛里闪烁着崇拜的光芒。

这是她女儿的眼睛。

她未曾在这一世见过。女儿改变了方向,逆流而上,而不是顺流而下;从时光的深渊中站起来,而不是沉下去。但女人知道自己曾一度拥抱女儿的身体,她知道这一点,就像她知道自己的躯体一样。另外,意识是超越视觉的。

在光中,她们注视着彼此,她们是彼此的孩子、彼此的母亲。

"爱。"女人说,这是她第一次对孩子说这个字,从身后的悲痛中决堤而出。

"爱。"孩子回答,用羊绒一样的温柔包裹着她。

"失去。"女人说,用拳头握住孩子的手指,感到它们就在自己的体内。

孩子点点头,将手心放在女人的腹部上,那甜蜜的、天鹅绒般的家园。

女人低垂双眼说道:"内疚。"她转头时,声音断裂了。她补充说:"羞耻。"孩子的流产是难解之谜。死亡为什么不饶过如此纯净的生命?她丈夫至少已经走过一段岁月。她的孩子还未出生,不应该受到任何责怪。所以,是谁的错?

孩子知道那不是谜语,也不是一个意外;她是因,而不是牺牲品。她温柔地抬起女人的下巴。女人仰望着她的女儿——女儿怎么能从她身上被割扯掉，即使仅仅一刹那？是什么羞耻的力量，将你的脸转过去，不再注视你所爱的人——看着时间在她的眼睛里展开。女人看见自己和丈夫躺在月光下的床上。她看见一个亲吻打开了闸门，允许一个灵魂进入另一个灵魂。她听见她在他耳畔唱的歌，以及他在她体内唱的歌。他们的身体是会用呼吸、嘴唇、手指来歌唱的精致仪器。一起演奏时，他们所创作的音乐是以上帝的键盘来书写的。他们的身体仍然在床上，但他们的灵魂升起，靠近站立在湖边的一个银色存在，靠得如此之近，他们几乎能触及她。而音乐的确触及了她。那个存在对音乐着了迷，知道这旋律是为她准备的。它将她呼唤入水中。她溜进水里，在时间中穿梭，寻找歌的来源。

　　她进入时间，但还不属于时间。她进入母亲，但还不属于母亲。湖中有力量形成。时间的形状，快速生长。她的身体也如此。水流加快，卷走了她，一直向前流动，流入夜空广阔的海洋。在那里，她和即将出生的婴儿们一起，在星际漂流，他们都愿意以翅膀换取智慧。

　　女人曾经知道将婴儿和母亲连在一起的纽带，却不知道将婴儿和天空连在一起的纽带。生命就这样在星星和子宫之间穿梭，从临时的一个家到另一个临时的家。他们沿着纽带飞来飞去，直到出生，每一个夜晚都进入母体，离开母体，像梦一样半透明。与此同时,母亲辛苦地在他们的睡梦中工作着,静寂地将婴儿的骨编织在一起,刺绣出血管和静脉的图案,将细胞缝合在一起。有时,物质会脱钩,编织会断裂。婴儿试着穿上身体这件衣服,但是发现并不合身。不,这不行。我的光会泄漏。必须重新开始一个新的身体。因此,温柔地,宁静地,他切断纽带,游走了。或者身体完好,但婴儿从来就不是婴儿——他是一位老师。或者,是母亲剪断纽带,让婴儿回归星星和湖泊。他将栖息在湖岸,平静而自由。在这种情况下,婴儿常常也是一位老师。

孩子更加深深地凝视着女人,女人发现孩子已经不再是孩子。她是古老的,比女人和火焰更古老。在一个温暖的夏夜,她听见女人尖叫,看见房子烧毁,女人的丈夫像一团烟雾升腾而去。她沿着纽带俯身观望这一场骚动混乱。她和女人的丈夫在空中短暂相遇,他正处升腾的路上,而她却在下滑的路上。

"爱。"他喊道,他掠过他的女儿。

"爱。"她回应道,冲向他。

他凝视着自己在草丛中哭泣的妻子。"慈悲。"他说,但这不是描述而是指示。孩子感觉到这个词羽绒般的质地,她明白了自己该做什么。她抓着纽带,直到它枯萎,她又回到天空,从天空指导女人,而不是从身体内部。慈悲,不再做女人的孩子吗?不,慈悲即变为女人的北极星。

"爱。"孩子现在对女人说。她的声音很坚定,几乎是在恳请。难道你看不出来吗?

孩子把女人抱在怀里,女人也将孩子抱在怀里。她们是一体的;她们从未被分开过。女人也曾站在时光的岸边,倾听两个声音的和谐。她身体的碎片被缝合到一起,一个小小的受精卵在其中。孩子就在卵里,是她的某种内在形态或片段。这很荒唐——为不曾、也不可能与她分割的事物而伤悲。母亲和孩子从未分离。孩子一直在母亲体内,是母亲的一部分,即使母亲还是孩子的时候也是如此。母亲永远抱着孩子。面对永恒,死亡是无力的,而且毫无意义。

女人打着哈欠,为死亡和诞生而精疲力竭。她与睡眠抗争,不想错过孩子的每一瞬间。她已经失去太多,她不能再冒险在某一天醒来,发现她的世界中天堂般的那部分已经从视野中消失。

孩子将双手放在女人的心上,安慰着她因受惊而剧烈的心跳。"爱。"她唱着,这是她歌曲中唯一的歌词。

女人找到这个字,将它贴在脸颊上,她的脸埋在它的温暖中。记住这个感觉,她命令自己。将它变为音符。触摸它,而且让它触摸我们。将所有音乐课中最美的一课教给别人:死亡是一首摇篮曲。

不过,没有别的课,再也没有了。没有需要记忆的。唯一存在的只有她的孩子,她和孩子将永远在一起。一旦你意识到你拥有永恒,你就不再需要记忆,记忆只是永恒的原始替代品。

  这个念头让她放松了。"爱。"因为幸福而变得慵懒的她,迷迷糊糊地喃喃自语,昏昏欲睡,迷失在孩子声音的云雾中。她深深入睡了,当护士把她从女儿身边抱走时,她甚至都没有动弹。

第十一课　高八度

女人从失去意识中醒来。温暖渐渐退却,爱也退却。巨大的深渊取而代之,占据了她的视野,漆黑如夜空。但与天空不同的是,这巨大的深渊因为紧张的能量而颤抖。那个能量专注于她,邀请她到里面,完全吸引了她。她努力望向别处。它跟随她。它不会放开她。她慢慢地转动着头,距离足够时,发现自己正凝视着母马黑色的瞳孔,它也凝视着她,一眨不眨地。

母马。这念头带给她短暂的欢乐,欢乐随即又变为别的带着牙齿的坚硬东西。母马,但不是我女儿。

回到自己过去的身体是舒服的,就如同回到用过的床单里。但什么也不能比女儿的臂弯更舒服和柔软。

女人模糊的四周环境开始成形。一张桌子出现,上面放着《音乐课》一书。竖琴放在地板上。两边是一排又一排的医院病床,她躺在一张病床上。她不知道自己身处何处。重要的是她不在哪里。此处有着一种不协调。它很寒冷,并有一种射穿她的东西,让她震惊。它是什么?啊,是的,她记起来了。它是痛苦。

孩子从她挽留的手指间滑落的痛苦,一次又一次。

更多无尽的、空虚的、痛苦的日子。

她检查自己的脚踝。没有咬痕,而是两个平行的雀斑,在她后面的生命中,它们将一直存在。生命这个词汇,是另一个

第十一课　高八度

更深、更痛的刺伤。如果她必须重拾生命,她丈夫和女儿为何不也如此?当他们被允许飞走时,她为何被捆绑于这沉重的身体?就连她的祈祷词也不能飞上天。它们的翅膀已断。它们跌落,在她脚旁破碎。

无数次,她想忘却悲伤,但无数次悲伤又找回她。那时,她尚不知悲伤就如宇宙一样,能自我克隆。失落是明镜的殿堂,不管她转向何方,它都会出现。既然她刚刚已经抱着她的孩子,那些关于在失去孩子后,她仍能继续生活的念头都消失了。蚂蚁般的生物已经决定留在星星的海洋中,被它之前一直拒绝的所陶醉。她渴望加入其中,回到她最初的地方。从那里被带走,就像一种诅咒,一种残酷。

但是对她的朋友而言,这是纯粹的解脱。马的岁月和人类的岁月以不同的方式流淌;它们疾驰。母马不知道自己在她身边已经等待多久,它观察着任何动静,它放弃了自己的运动。因为每一刻,女人在她闭着眼睛的每一刻,它都在睁着眼睛。现在,看见她站起来,它可以休息了。它那因为牺牲睡眠而困倦的沉重的头,靠在女人的胸前。最后,它的梦变得自由而狂野,只被睫毛的门拴住。

此岸,彼岸

微风拂过床头,吹乱了母马的鬃毛,吹动着窗帘飘进飘出。现在怎么办,现在什么办,它低语。

女人四顾,发现只有风的影子。"你把我从死亡中带回来了,"她不是在对任何人说话,"怎么样?"下一个问题甚至更重要、更神秘:"为什么?"

上面两个问题的答案是相同的。微风吹过她的书,弄乱了书页。它在竖琴的琴弦上滑行,创造出一段旋律。女人虽然从未听过,却感到熟悉,仿佛那是自己的一部分,是她孩提时代的一首摇篮曲。

随后,它吹拂着,打开了女人的耳朵。瞬间,她能听到每一样事物:震动的墙壁、床,人们的嗡嗡声;她体内细胞的高频振动;母马和谐的叹息和它水汪汪的眼睛。

"什么?是什么?"她问道,但微风已经开口叙述,然后溜走了。

她的身体已经恢复。母马目睹了这一切的发生:护士们如何站在她身边,一起在她的脚踝上方齐声唱诵;他们如何潜入时光之水,使得蛇不能攻击她;他们天籁般的歌声吸引了蛇,让它确信不能攻击,明白了哪里有音乐,哪里就没有咬噬。将

第十一课 高八度

她从女儿身边带走的那一双手,正是伸入她胸口、调节她心跳节奏的同一双手。

心脏、心脏——这才是真正的工作开始的地方。

她不知如何唤醒她那仍然死去的一部分。一旦你经历了死亡,一旦你从死亡的另一端重生,死亡就不再是个问题。相反,问题变成了生活。特别是当你只希望回到你死去孩子的所在地,那是什么让你活着?你要如何创造一个你毫无兴趣参与的生活?

女人四顾,仿佛墙壁藏有答案。它们什么也不揭示。她沮丧地垂下双眼,瞥见《音乐课》打开在被微风夹了书签的那页。

治愈之歌

她从地板上拿起竖琴。这本身就是一个努力——死亡是对身体的命令,它要求身体的一切——但音乐很特别,即使在引起痛苦之时,它也能缓解痛苦。她试着弹奏眼前的这首曲子。旋律从书页流向她的指尖,当旋律流入她的耳际时,她感到难以置信。这是风谱写的同一首曲子,当它吹拂琴弦时。

白色的光在她手上转动。它们不再只是她的双手。她女儿的手紧紧地握着她的手。这是伟大音乐家的秘密——他们并不是独自弹奏。

一个人躺在她身旁，倾听着弹奏，这是两双手展现为一双手的弹奏，是两个灵魂的弹奏。他自己的旋律也渴望加入其中，尽管他静止的身体不能服从这个愿望。于是音符涌向他，触碰他，填满他，直到他变为音乐，于是他发现自己能够移动了，因为音乐感动了他。

女人看着这一切，麻木的内心开始复苏。她给予身体瘫痪的这个人一支舞，他给予精神瘫痪的女人一个希望。这是他俩共同的治愈之歌。这是一个奇迹，她想着，并注视着他，但奇迹仅仅是爱最响亮的声音。

她快速翻阅着这本书，寻找更多的内容。**野花的婚礼之歌**。音符休眠，深深埋葬在她体内，但当她弹奏时，它们就会绽放为花朵。它们爬上音乐的棚架，变为莲花——为四季而生的野花，百年的莲花。**赞美诗**，本意为"拨动竖琴的琴弦"。她弹奏出的每个声音都是神圣的。**小鸟之歌**（小鸟为什么如此蓝？因为它吃了蓝色的水果），然后，为这只长大的小鸟：**生于火灰的凤凰之歌**。

过去她曾完全不能弹奏的曲子，现在很容易地呈现在她手指尖。技巧与练习。这些课程，这多次的生命。

狂喜的舞蹈在她眼前上演。

第十一课 高八度

她回来了,掌握这一切。

每一个夜晚,女人都坐在行星下,聆听它们缓慢而神秘的音乐。她在天空寻找她丈夫,发现他在云层中闪耀,点燃黑暗,一个男人变成了流星。她竖起耳朵,到处都能听见他的声音。"唱一首情歌给我听。"他曾请求她。而现在是他在为她唱夜曲,用一百种声音:白杨树的颤音、树蠡的合唱、四月雨声的呢喃……她将这些声音写在《音乐课》的空白处。星星是她的台灯,她在书页间忘记自己,在它秘密的歌曲中忘记自己。

每天早上,她带着竖琴走向野战医院,照顾那些病人,他们不能像她那样轻易摆脱死亡。越来越多的人涌入,需要她的帮助:呻吟的人,流血的人,灵魂拒绝任何改变的人,或者灵魂只是微弱地附着在身体上的人。照顾所有这些人,需要很多年,虽然女人也能够付出这样的时间。她的岁月,她的曲目,变得无量无尽。

有人将死去,因为治愈也分许多情况。带着惊恐,他们看见她走过来,他们希望她唱一首挽歌,但听到的却是一首摇篮曲。她想,这一定是护士们拯救她的一个原因,也是她必须回来的原因:歌唱死亡的甜蜜,将它舒适的毯子在病人的肩上披好。回望一切,死亡多少次将它的音乐放在她的脚下?死神之所以放过音乐家，不是为别的，而是为了让更多人听见它真实的声音。

一位老人到来，拄着木头拐杖。他将自己的一块块骨头拆解，然后爬上床。女人站在他粗糙的腿边，帮助他平躺下。她的手抚过他的身体，打开他的关节，进入他内心的痛苦之处。她的动作让她想起一些她不太记得的事情。过了一会儿，她意识到：战时医生对待病人使用的是同样的技巧。对已经经历的未来的回忆———一种颠倒的似曾相识。

这位老人像胎儿一样蜷缩着，像一个来自古老岁月的婴儿。她为他弹奏**爱之歌**。所有音乐都源于此。它比悲伤之歌更古老。很久以前的某一天，在森林里，她唱着悲伤之歌。而因为爱先于悲伤，悲伤才会发生。爱之歌只有一句歌词，就像她女儿教她的一样。

曲子没有终结；爱之歌没有阈限。但男人已经听到了他需要听到的。他从床上跳下来，离去，留下拐杖。

婴儿的皮肤被烧伤。女人理解她的痛苦，因为她也曾被火留下疤痕。她用琴弦和儿歌来抚慰这红肿发炎的婴儿。皮肤不再灼热。婴儿的眼睛、嘴巴、呼吸形成了一个惊奇的三重奏，女人看见就不禁欢乐地笑起来。

第十一课　高八度

笑声。母马曾听到过女人的笑声,但已经相隔很久很久。旋律安抚着它那受伤的腿,它每走一步的痛苦消失了。它兴奋起来,在婴儿的床边雀跃。能再次行走意味着重获自由,能再次欢笑更是自由。

看见她的朋友从毫无意义的痛苦中解脱,女人的心高兴起来。母马看着女人,同样高兴。

女人遇见一具几乎没有灵魂的身体。这具身体如此之老,已经破损,以至于灵魂很多时候都在外面,在星辰之间,而不是在星辰之下。无论是他的灵魂和身体,都不在乎女人将做什么。

她集中自己的力量,将放出白光的手伸进他的腹部,取出DNA,一缕一缕地缠绕在她的手指上。她惊讶地看着两个螺旋的形状展开,并平摊在她手心。一旦它是二维的,它的形状便毋庸置疑:它是五线谱。每一个核苷酸都是线上的一个音符,每一个碱基对有一个间隔。人,女人意识到,仅仅是——不,简直是——交响曲。

她一只手里是分子微粒,另一只手里是竖琴。然后,她将它们结合在一起,弹奏身体的歌谣。开始时,音符是银白色的,像小鸟一样，在普通时间里穿梭。节奏加快。孩童时代的高音部变为深沉的低音部。这时传来年轻男人在城市夜晚的爵士乐，老人早醒时的蓝调，太孤独了。破裂的和弦、承诺与骨骼。乐曲突然暂停，乐声不再流动；心跳停止，血液不再流动。大脑静默，灵魂向群星飞去。

音乐家都知道如何即兴创作。女人研究基因，经过思考之后，选择了一个新的模式。她调整琴调，以不同的方式来表达。现在，音乐不属于床上的人，而属于一只蛋里正待孵化的猎鹰。当她听到它啄壳而出时，她听到了高亢坚定的八分音符，它飞翔时的假声。她听到了和弦的进程，从蛋壳里小小的生命到天空的统治者。

四个音符，她想到，能建构每一个身体，能谱写每一部作品。

她重新安排音符，让它们回到人类身上。她移动整个小节，然后，手指在琴弦上，将音符从最高处下滑。年老的身体变得年轻、变长，像丝绸一般，像她的歌一样光滑。她越弹奏，它越年轻、越幼小，直到变为一个呼吸着第一口空气的新生儿，直到灵魂离开星辰，俯冲回呼吸着的身体。生命，就像歌曲，又开始了。

第十一课　高八度

她和母马走过一个又一个病人。母马用温暖的口鼻抵住那些已经忘记如何运动的肌肉。女人让病人的脉搏和音乐吻合。她调控着重要的节奏,关注着任何不稳定的切分音。她稳健的双手和竖琴为那些无能为力的人维持节奏。她的曲调就像一个流淌着音乐的音叉,令他们的细胞共鸣。当他们的灵魂离开身体,游荡在微光闪烁的广阔天空时,她用音乐陪伴他们,用她那些关于漂泊自由的记忆,为他们唱一首生日快乐歌。

一天,一个护士停下来观察她。曲终时,护士拍着女人的肩膀,很喜悦。

"我现在理解了,"女人对护士说,"我现在正在做准备,为了下辈子我成为医生。"

"不,"护士回答,"这是为你成为音乐家做准备。"

护士温暖的触碰融化了女人。她的恐惧显露出来。"我知道,在余下的岁月里,我能留在这里照顾那些病痛的人,像你一样。但这是我该走的路吗?这是我该过的生活吗?在星空下独自入睡,做着会消失的梦,弹奏着别人的音乐,而不是写我自己的音乐?我担心我还没有找到我的立足点,我担心我永远也找不到。"

"为什么担心？你弹奏的音符不会担心下一步会发生什么；它们只是让自己发出乐声。它们相信音乐家知道一首歌应该是什么样的。"

然而，惧怕仍然袭来。"我担心我只能治愈别人，但不能治愈自己。"

"治愈别人，"护士说，"是治愈自己的另一种说法。"

一位歌剧歌唱家和一只玻璃杯以不同的频率发生回响。歌唱家升高嗓音并提高音量。她改变波长，尽可能唱出她的最高音。现在，她和玻璃杯唱着同一首歌。玻璃杯吸取她的能量，因其强度而迸裂。它再也不能忍受它曾经的样子——坚实的、有形的，因孤独而振动。带着兴奋，它迸裂而进入一种新的存在状态。

如果灵魂就像歌者，决定提高自己的振动和音量，扩展成振幅，提升自己，直到和爱的频率共振。谁能面对爱，而毫无改变？他们能被提高到爱的高度吗？世界能否装盛着这巨大的能量，而不迸裂，成为新的世界？

第十一课　高八度

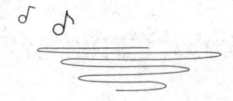

在中音 C 之上演奏 A。

女人如是演奏。

这是音乐会中的 A。这是乐器调音的标准。它的频率是 440 赫兹。现在，高八度弹奏。

她的手指攀沿着琴弦，拾起音符。

请描述你所听到的音符的区别。

我什么都没听见。

这个现象被称作八度等同。它们听上去完全一样，但后者以 880 赫兹回响，振动频率是前者的两倍。它们是同一个音符，振动在不同的层次。为那个音符命名。

音符 A。

再试一下。

这个音符是爱。

每一个音符都是爱。

它可以在浪漫爱情的八度音阶中弹奏，在家庭之爱的八度音阶中弹奏，或者在宇宙之爱的最高音阶中弹奏，而后者，人类的耳朵往往是无法感知的。

爱上一个人，一起甜蜜地歌唱着，以至于你将整个世界抛在身后，通过一个男人的眼睛看见上帝的眼睛：女人明白，有些生命仅仅为此而拥有身体。她难道不是其中的一员吗？她和她的丈夫在亿万年间创作音乐，一次又一次潜入时光之湖，继续他们的二重唱。

但这只是爱的一种形式。

另一些人拥有生命是为了创造生命，生育孩子，并承受当父母后所有的十字架般的重负。对此，她明白，因为她曾尝试过。这并非微不足道的使命。有一天，心的大小会变，会变大到足以容纳母亲这个角色的爱。在那之前，它可能会因压力而破碎。

但这仍只是爱的一种形式。

一个人可能着迷于山的轮廓、河床的曲线。手中拿着画笔或祈祷书。他的狗恳切地注视着他，带着无限的虔诚。表达取决于特定的乐器；有的会范围有限，有的会跨越几个八度。这并不意味着孰高孰低，而仅仅意味着他们发出的是不同的声音。

最终，拥有了肉身，为了去爱一切，为了去爱你，拥有了生命去爱每一个人，而不是一个人。不是爱你的孩子，而是爱每一个孩子。不是爱和你相关的生命，而是爱所有的生命，因为所有的生命都和你的生命相关。服务于每一个灵魂，不管它是以一片枫叶的八度演奏，以一匹母马的八度演奏，还是以人类的八度演奏。知晓他们都由音乐构成，他们都是同一个音符——只有一个音符，以不同的频率振动——而且这音符具备妙不可言、不可思议的美。

经过足够的练习，这种区别变得清晰起来。

形成由三个不同八度的同一音符组成的和弦。

女人双手同时弹奏出音符——浪漫的爱、家庭的爱、超越一切的爱。她的病人们都在倾听，而且随着曲子开始唱起来。他们悲悯的合唱感染了她，一次次触动着她，频率持续上升。她的手指离开前面两根琴弦。如果这些音符没有了，如果它们发不出声，也没有关系。她可以让第三根弦发出同样的声音。

八度被称作音乐的根本奇迹。

而事实上，它是生命的根本奇迹。

课程于此结束。

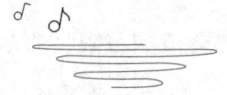

祝贺你。

你已经读完了此书。

你的学习快完成了。

你的音乐课即将结束。

然而，你仍然必须学会最后一首曲子。

一旦你掌握了它，你就完成了你的功课。

它是能给予你生命意义的歌。

它是你一直在找寻的歌。

它是你的灵魂之歌。

继续阅读。

你已经快到达那里了。

一切的答案都在下一页。

这一页特意留白

这一页特意留白

第十二课　插曲

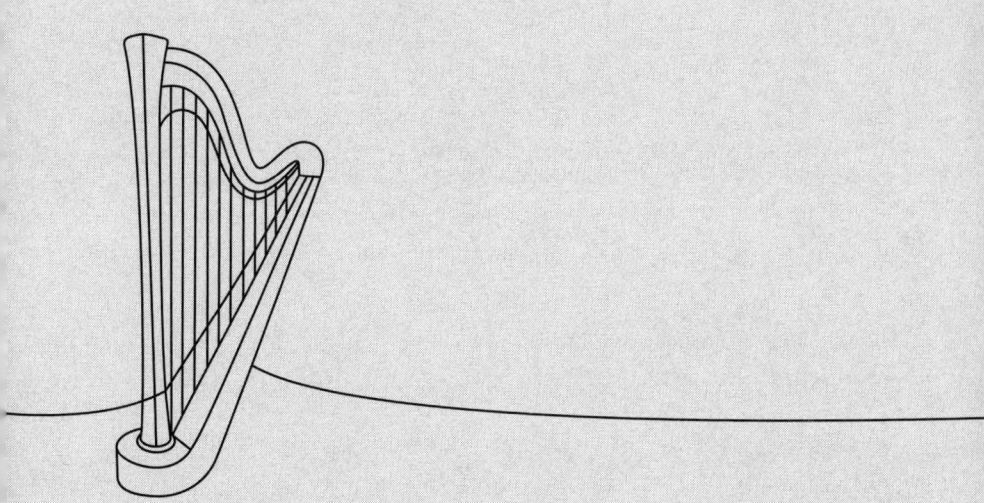

一如后面的每一页。

女人愤怒地翻着其余的书页,翻着那些没有任何指令的空白书页,无任何注释,无歌,也无秘密。

"它在哪里?"她问道。母马没有回答。

"它在哪里?"她再次问道,但母马不能回答。只有女人自己能回答。

一直以来,她都在游走,毫无目的,在逃离,而不是为了去哪里。现在,方向突然出现,而且在等待着她。她将找到《音乐课》的作者,将告诉这位疯狂的匿名作者,一本书一旦开始,就像一场婚姻、一次生命,不能以突然的沉默而终结。奏鸣曲必须有尾声。天鹅必须有它自己的歌。创造了美到极点的音乐的人,怎么能不知道这基本的规则?

护士和病人们都侧头倾听,因为和声音一样,意念在空气中传播,随着能量的增大而增大。他们聚集在她周围。看到他们关切的脸庞,女人突然停了下来。

"我怎么能够离开他们?"女人问护士,"他们需要我的帮助和治愈。"

"治愈你自己,"护士说,"是治愈他人的另一种说法。"

病人们一个又一个地走来,和她握手告别,哼唱着她教给他们的曲子,抚摸着母马的鼻子。直到最后一个人走开了,再没有人需要照看或听她演奏。她将自己所有的音乐都给予了他们。现在，她必须找到失落的篇章。

她必须找到她的灵魂之歌。

她带着母马走出医院，骑在颠簸的马背上。它驰骋着，直到它的肌肉一张一翕，需要更多的空气，然后更加急速地飞奔。外面是冰雪世界，女人的心中是火——不是死亡之火，而是生命之火。它点燃了她，也点燃了她身下的母马，还有母马脚下的冰。母马充满了力量，因为新愈合的腿，也因为摆脱囚禁后自由运动的狂喜；女人也充满了力量，因为别的，因为内心的某种不熟悉的东西。

那某种东西仿佛是希望。

你如何能找到你所寻找的，当你不知道去哪里寻找时？

哪里也不能到达的运动能够被称为运动吗？

过了很多天，也许，只是过了在某一个地方被冻结的一天。寒冷是立体的，包围着母马和女人，为他们的每一步投下影子，成为无法摆脱的伙伴。他们依偎在一起取暖，为了不让内心的火焰熄灭。他们所呼出的白气，是那火焰仍然燃烧着的唯一证明。

他们继续赶路，只在母马饮雪时才停歇。女人四周顾盼，母马啜饮着坠落的云朵。近旁有一棵树,一只鹰在它的巢穴里打盹,它眼睑低垂。风静寂地、平滑地拂过它的羽毛,将羽毛吹起来,又抚下去,一次又一次。她观望着,震惊于大地无声的呼吸节奏。

在他们的头顶上。猎户座在星星间潜行寻找猎物。它不停地迁移着,不停地追寻。夜复一夜,不停息,它持续。如此这般,它仿佛这个女人。岁月流逝,它变为碎片,分裂并漂移。最终,它扭曲变形,不可辨认。然后,它的追寻必须是为了它自己,为那些错误的部分,它们将使它重新完整。

在这一点上,他们很相似。

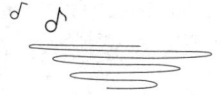

他们的奔驰变为漫步,漫步变为爬行,希望变为沮丧。大地脱下冬天的大衣,天气太温暖,必须脱掉大衣。草的叶片生长出来,就像汗珠。大自然从地下探出头来。太阳刚开始是温顺的,然后是霸道的。蟋蟀们歌唱着让它入睡。女人和母马继续前进。

一片叶子倾覆并死去,余下的叶子跟随着它。鲜花变为霜,溪流变为冰,熊都睡着了。月亮在它们周围编织着月网,太阳落入陷阱,而世界称这为冬季。母马和女人继续赶路。

第十二课 插曲

积雪和岁月在他们的脚下吱嘎碎裂。日子压在女人的脸庞，留下沟壑。地球引力压迫她的后背，缩短她的脊柱。她的皮肤变得易碎，就像鹌鹑蛋一样，布满了斑点。如此长久地徒步，仍一无所获。她的心因此而沉重。但不管怎样，母马和女人继续前行。

最后，他们来到一条结冰的河畔。河面的坚冰也许能承受他们的身体，却不能承受他们的失望。他们能等待冰的消融，但那并不能带来穿越河流的机会。这条河不是温柔的时光湖泊，它有着湍急的暗流，而冬天已经让他们饥肠辘辘。

这是一条死路。他们再也不能往前走。只能往后退，女人这样想，她没有意识到后退也是前行。

她在雪中双膝下跪，脸埋入双手中。她本应该留在医院。她的生命在那里有了意义。即便她从未找到过生命的意义和圆满，又怎样呢？至少，她不用一直找寻了。

我选择了一条错误的路，她想，为什么总是错误的路？
但是不可通行——甚至不可能——和错误不一样。

女人和母马逆转方向。他们四处徒步，徒步到每一个地方。冬去春来，夏天尾随而至，拖着滚烫的脚后跟。在微光闪烁的薄雾里，母马被惊动。那是无关紧要的，一群蜻蜓在空中改变了航向。但对于目睹了女人去世的母马,每一只蜻蜓都是一条伪装的飞翔的龙,所有的物体都可能变为一条蛇。它喷着鼻息,瞪着眼睛,焦虑而且警觉。我必须控制住这威胁,必须预测下一个威胁,否则,我们会受到伤害。

女人站在更高的视角、更好的角度看见这一场景。她知道蜻蜓不会飞得更近,即使它们飞近,也不会构成任何危险。"放松,"她说,抚摸着母马的鬃毛,希望能抚平它那不必要的恐惧,"你绝对安全,一切都很好,什么也不能伤害你。"

就在这时,草丛一阵沙沙声,她耳里听到了同样的话语。

白日变得更短。女人感到疲惫。

在路上的每一步都会在她身边——这是她丈夫对她的许诺,不管是否拥有肉身。但是当没有路时,当脚步无以计数时——该怎么办?

"请你,"她恳求他,"指引我。不要站在我身后,走到前面来。把我带到那个知道我的歌曲和终点的人那里。"

她愿意付出一切,只要能看见他的足印、轨迹以及一切她可以跟随的痕迹。只有白桦树,在寒冷中颤抖着,人们借此感知到它们的存在。它们已经瘦成了骨架,光秃秃的树枝上露出

第十二课　插曲

曾经的鸟巢——那曾经的家,如今的空穴。

年复一年,她目睹着这一切,这是最严酷季节的存在方式。树叶变红,然后晕厥,寒风刺骨,鸟儿飞走了。但是没有鸟的日子并不意味着一个没有鸟的世界;从视野里消失并不意味着存在的消失。它们只是在另一个地方,一个更温暖的地方。而且它们总会准时回来。

为飞到南方去的鸟儿悲伤是愚蠢的;抓住鸟的爪并将鸟囚禁在大地上是犯罪。那么,她必须问自己,为什么她坚持让她的丈夫陪她一起行走呢?行走在一起。她不能一直如此要求他,再也不能了。如今她该引路了。

把他还给我,她曾这样坚持。现在,我将把他还给你。

她转向冰冷的天空。"飞回家吧。"她告诉他。随着一阵翅膀的沙沙声,他飞走了,向着光越飞越高,直到化为光。

女人不再行走,停下来,并示意母马也停下来。她拿出竖琴。她将以不一样的方式踏出地面,用手指而不是脚印,用精神而不是身体。音乐允许这样——事实上,音乐如此命令。

她打开《音乐课》的第一页,开始演奏到需要她以新的歌曲来填补的空白书页。竖琴是乐器,也是译器。它用别样的声音来讲述她的痛苦，以琴弦的语言，在那里，悲伤和美丽是同一个词。

旋律之上升起了呜咽，仿佛为了旋律的和谐。母马的眼睛干涸了，马用尾巴哭泣，不是用眼泪。哭声一定来自别的地方，哭声一定来自她。

她本来只想召唤作者，结果她反而释放出魔鬼般的力量。她所有的愤怒与挫败都在琴弦上流动，以一种螺旋式下降的滑音。失败、绝望——由铅制成，灰色、密集、危险——但音乐借给它们羽毛。它们被她释放出来，找到了自己的路。女人在摆脱了它们的重压之后，仿佛感到自己也身轻如空气。声音强大到足以做到这一点。它几乎和爱一样强大，而且常常和爱难以区分，因为爱的很多部分是声音，而声音的很多部分是爱：一只猫的咕噜声，一位母亲的低语声，一个新娘的心跳声。然后，是最强有力的声音。

她放下竖琴，双手捧着书，最后一次仔细研究空白书页，寻找答案。但没有答案就是答案。音乐是从寂静中雕刻出来的声音。所以，要找到音乐，就必须先找到寂静。是时候安静下来了。也到了休息的时间。放弃找寻的时刻到了。她将永远找不到她所找寻的。她就这样找到了自己一直所找寻的。因为只有当你停止移动，变得寂静时，你才能找到你自己。

第十三课　渐强的乐声

"你来了，"她的高我说，"你为什么这么久才来？"

女人面对着她自己的脸庞。所有的岁月，所有的路途，就是为了寻找和她一直在一起的某物？她突感疲惫，觉得自己这辈子都在原地打转。就像进步只可能是线性的；就像圆圈是个错误，而不是一场革命。

"冰——雪——悲伤——需要很长时间才能化开。"

"如果你这样说的话。"

母马充满了惊喜，冲到新发现的老朋友身旁，想用它的鼻子蹭一下。因为疲惫而几乎失去呼吸的女人，出于需要，将《音乐课》塞到高我手中，并指出那些她已经意识到的空白书页。毕竟，这是高我所写的一本书——一个逆向而行的盗者，在一个夜晚潜入谷仓，将此书藏匿在稻草堆里，为的是让这个女人找到这本书并将它作为向导。这是高我所做的。他们潜入未被点亮的地方，点燃它们，留下灰烬作为踪迹。

"什么歌赋予了我生命意义，灵魂之歌？它怎么唱？"女人问道。

"你告诉我。"

"我必须知道这本书的结局。"

"你来写吧。"

这是作者的任务，而不是读者的！女人再一次沉默，但她的沉默中充满了挫败。

第十三课　渐强的乐声

"你是你故事的作者。你是你歌曲的创作者。"女人凝视着高我的双眸,就仿佛看见自己的双眸,但也是陌生的——后者更柔和、更深邃。"你是一个作曲家,而生活是你最伟大的艺术作品。"

"跟我来。"高我说,大步跨过湿滑的田野。女人冲过去紧跟着。

她们走着,母马在她们身旁小跑,直到来到一条结冰的河边。"太危险了。"女人抗议道。高我平静地握着马的鬃毛和女人的手,他们一起轻松地穿越了。冰未崩裂,也不会坍塌。当你的高我承载着你,一切会安然无恙。在她的环抱里,你身轻如风。

在河的另一岸,白桦林后面隐藏着一个小木屋,高我耐心地等待着女人加入她。母马在外面追逐着一阵阵的飞雪。别的马也一起。高我示意女人坐在中间的木桌旁,将《音乐课》一书放在桌上。"继续吧,"她说,把手放在女人的背上,"将它完成。"

女人从抽屉中拿出一支钢笔,放到纸上,什么也没有写出来。她的思想完全阻塞,笔尖流不出任何音符。

她抬起眼睛:"我该如何作曲?"

高我注视着她,被逗乐了。有时候,没有人能比你自己更能逗乐自己。"你一直都在谱写。"

"但是我不知道我在写。"

这就是不同之处。意识会改变一切。

"你丈夫是否到你梦中来过?"高我问道。尽管已经知道答案,她自己就已经做过这些梦。

"他曾经来过,"女人回答,"我希望他还会来。"

"那就让它发生。"

"我不能'让它发生'。梦是不能被人控制的。"生命也如此,她想:一个丈夫死去,将他的死亡作为礼物;一个女儿死去,将她的死亡作为恩宠;蛇扼杀了她的心,护士阻止了死亡。"什么也不能被控制。"

"每样事物都如此。所以,一切才如此好玩。"

女人意识到梦境是超现实的,它的边界是流动的。她尚未意识到醒着的世界也如此。差异在于,做梦的人接受这个事实,而醒着的人拒绝它。一个松开对空间、时间、意识、身体的控制;另一个紧紧抓住不放。一个服从于梦境自身的逻辑,在那里,她找到了自己;另一个将自己的意愿强加于此,尚未意识到放弃控制就是获得控制。一个发现自己的愿望实现了;另一个发现自己的愿望消解了。

第十三课　渐强的乐声

"当你入睡时，你知道自己在入睡，"高我说，"你是清醒的，清醒的意思是'清楚地看见'：不仅是你在做梦，还有除了你的头脑，没有任何东西能限制你。你想飞翔吗？将自己投入天空的怀抱，让风拥抱你。你想和我交谈吗？想阅读你的书中未完待续的章节吗？去学习月亮的语言，将它的秘密向你丈夫倾诉，每一个夜晚都和他在一起？"

"是的。"女人急促地回答。

"所有阻止你的，"高我说，"就是你自己。"

你来了，我的小鸟。

你在这里吗？我以为你已经离去。

那是过去的歌和舞蹈吗？

我想是时候换新的了。

那一夜火灾后，多少次我进入你的梦境？

很多次。

当你醒来，有多少次你曾感觉到我就躺在你身边？

一次也没有。

每一次我和你在一起，都是一个梦。

你为什么要在我的伤口上撒盐？

我现在和你在一起。

这意味着我在梦中？

是的。

这意味着我意识到自己在做梦？

是的。

这意味着我能做任何事。

那么，你愿意做什么？

如果她尝试，她不愿意失去自己的丈夫。她松开他，然后他回来。她搜寻自己的梦，在梦中找到了他。她弹奏自己的音乐，在里面找到了他。死亡并没有夺走他，死亡使他倍增，无处不在。

"你愿意做什么？"他问她，夜复一夜。仿佛他给予她宇宙，她却超越了宇宙，而不是接受宇宙。自由是一回事，有着权力的自由完全是另一回事。可能性是美妙而令人兴奋的。这是她要创造的世界——用橡胶而不是用钢铁砌成的墙壁，家人是老去的，而不是鲜血流光，在那个世界她不再是受害者，而是上帝。

"睁开你的眼睛。"女人听见高我在说，却没有服从。当环境终于如她所愿,她为什么要离开?

高我等待着,知道你无处可逃。知道生命只是一个梦,梦会融化变形,生命也是如此。池塘里的一朵莲花变为火车上的一位女学生。旗鱼的背鳍变平为母马的鬃毛。恐惧、失落、悲伤——这些是噩梦的原材料,但只有那些闭上眼睛的人才有噩梦。清醒就是意识到睡眠中的自己在做梦。当你醒来时,更深地意识到它。

然而,高我不可能唤醒女人。女人必须自己醒来,否则,她将永远不能成为高我。于是,她仅仅躺在女人身边,将女人抱在怀里,开始唱着:"小鸟,蓝鸟,为什么这么蓝?"

"因为它吃了一个蓝色的水果。"女人在深深的睡眠中回答。意识是一道篱笆,音乐可以爬过它。

高我也能越过这道篱笆,她悄悄潜入筑起的地方。

"小鸟,"她说,"什么将促使你从你的蛋壳里啄出一条路?如果你在里面待太久,你将窒息。你何时才能明白,保护你的正是限制你的东西,并彻底打碎它?"

过了一段时间女人微微动起来,她清晰的现实——那些幻境——瓦解了。她想紧抓住它们,但它们逃走了。她想,高我也许是正确的,醒着的世界其实和梦中的世界一样。毕竟,她的世界同样非逻辑、同样无常:每一天都是陌生、不可预料的;人们在空气中消失,或者突然出现;所有那些追逐、飞翔、死去。她已经宣布臣服,却从未意识到她的世界属于她,从未意识到生命是泥土做成的,而不是石头。如果她伸出手,将它塑造成另外的形状,又会怎样?抹平它痛苦的轮廓,将它视为未成形的,而不是畸形的?或者,将它放在一边,重新塑造一个全新的作品?她想象着她的手指穿行在泥土里,就像她的手指穿行在琴弦间,将某种灰色的物体诱导为美丽的物体。白光出现。高我的双手覆盖了她的双手。她们将一起工作。

女人刚刚开始她清醒的梦。现在她开始她清醒的生活。

高我将一扇门的锁打开,女人进入。

走进房间,女人看见一个巨大的电话交换机在延伸。这些电缆连接的不是线,而是生命。她的决定和这一切结果相关。一个又一个脚步。在她的眼中,这些是一团绳索和电线的乱麻,无法解开。

高我等在一旁。"站得远一点。"她建议道。

女人照着往后站,距离带来了秩序。电线的末端插入标为**火**的插座里。它的另一段悬置着。她打量着那些空空的插座。**礼物**。**课程**。**愧疚**。她不必再看,她知道**火**在哪里适合。这是一条老路。她将电线松散开的那一端插入**愧疚**。这是自发的动

第十三课 渐强的乐声

作，具有安抚性。

高我看见这是一个糟糕的连接，是一个带来停滞的连接。就像所有高我会做的那样，她照亮了别的选择。

原谅和**接受**带着希望眨眼睛。将电线插入它们中的任何一个都只需一点时间，一点动作。但穿过几英寸的空间，闭合电路，要付出巨大的努力。女人的双手能够做到这一切，但她的思想却无力。

高我不理解女人的不情愿："可能发生的最坏情况是什么？"

女人的声音很小："可能不合适。"

"那么你就一直尝试，直到合适为止。"

当她尝试的时候，她几乎无法直视，尽管电线轻易地插进新的插座里，就像插在**愧疚**里一样。对此，电线、插座、高我都毫不抗拒，只有她抗拒。

交换机生成，新的模式形成，新的潜力产生了，因为愧疚和无辜，过错和原谅所产生的东西是不一样的。她鼓起勇气，将电线的一头从**接受**中拔出来了，并试图将另一头从**火**中拽出来。但根本拉不动，她不停地拉拽。高我最后必须介入，告诉她："这不是你的决定。"

悲伤有自己的线路。如果女人选择蔑视那个蚂蚁般的生物，而选择永远留在烧焦的房子里，选择一个人慢慢死去，像灰烬一般，那可能会发生什么？她将电线从**去**那里拔出，将它插入

此岸，彼岸

留。交换机变得像她的生活那样光秃秃的。没有连接,没有光。

她的路也许是一条不可能的路——但不是错误的路。

如果只连接到诗歌或者叠句。

悲哀的鸽子之歌,或者椋鸟之歌。

武士对女人,女人对武士。

橡子对橡树。

交换机的问题解决了,混乱平息了。信号灯闪亮。有人打来电话。

女人不知道该怎么办:"我该如何连接?"

"后退一步。"

现在,她能清楚地看见沟通的线路必须以何种方式连接。她插入电线,频道很清晰。"谁在那儿?"她问道。

"我。"高我说。

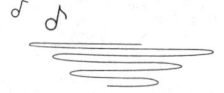

"但生命绝不可能轻易被改变。"女人争辩道。当然,与其说是置换,还不如说是囚禁。一位丈夫困在阁楼里,他的妻子在她的悲痛里,没有飞翔的冒险,因为她已经剪断自己的双翅。一个人被自己从未犯过的罪而囚禁狱中,或者被锁在一个她不配拥有的身体里。监狱的囚室，身体的囚室——它们的墙壁坚固，无法逃脱。

当这些发生时，电线的一端不能被拔出。它被锁在了某处。而另一端不能悬空。它必须插在某个地方。她考虑连接。它适合**苦涩**的插孔，**愤怒**的插孔——喔，它多么适合在那里啊。

"退后一步。"高我说。

女人退后，看见一个新的空间打开了，一种新的可能性。心灵能超越想法和情绪，甚至能够超越监狱。一个身体可能被迫套上枷锁，但是灵魂却不会。一旦明白这个道理，命题就被完成。

"后退。"

在一排无尽的交换机里，这是其中的一个。一个属于囚犯，一个属于监狱长，属于受害者，属于罪犯。一个属于病毒，一个属于宿主，属于病人，属于医生，属于疾病。他们的电线交织在一起，不可分割，彼此穿插。

"后退。"高我说。

受害者和恶棍，囚犯和监狱长，法官与陪审员——他们都是同一个人。

"后退。"

在囚禁中牺牲一生——为了意识的自由而放弃身体上的自由——意味着跨越更多。这不是囚禁，而是其反面。

电线在她手中松开。

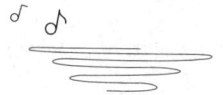

这是女人生命的冬季,雪花快速飘落着,抹去了田野和山丘,埋没了她的踪迹,裹住了她的痛苦。一切都是白色的:母马破裂的骨头、天空、那等待最后填写的书页。高我会帮助她。她们有着共同的过去、共同的一支笔,尽管一个是音乐人,另一个是音乐大师。写自己的音乐永远不算迟。没有变老——只有变得更高。

女人坐在雪堤上,《音乐课》摊在她腿上。她重新阅读一段她初次阅读时感到迷惑的曲子,她读得如此大声,这样高我就能听见。

渐强的乐声。

音乐逐渐进入高潮,然后消失。很多人以为这是结尾。但它只是开始。

"啊,是的,渐强的乐声,"高我说,"要充分理解理念,你必须首先理解你生命中最重要的瞬间。你愿意知道那是什么吗?"

女人的呼吸在身体内冻结了。音乐的高潮是每一个音乐家所追求的，也是每一位听者所渴望的。这一定是她空白书页的答案——给她的答案。

在冰冻的路面上，画面出现，场景形成。母马俯身，为了看得仔细。女人也在观看，期盼着婚礼的野花、烟雾和灰烬、蛇之吻。然而，她看见自己变成一个蹒跚学步的小女孩，正在院子里跑，像在跳舞，因为在那个年龄，所有的动作都是舞蹈。她发现草丛中有个暗色的不动的东西，她蹲下去细看，原来是冬鹩鹩。它唯一能动的是它那充满惊恐的眼睛，和它发狂的心。小女孩为自己能捡到从天上掉下来的这个宝贝而吃惊。她双手捧着它，呵护着它的身体。她的手指温暖，她的触摸就像它的羽毛一样柔和。"别担心，你会再飞起来的。"她告诉它。将希望误以为真相，孩子们都这样。女孩和鹩鹩都如此之小，坐在草丛里，但他们之间流淌着的爱却是伟大的。

场景消退，冰又变成冰。高我欢乐地拍着手，尽管女人的思想一片空白，就像她四周的雪。

"就这些？"她问道。

"就这些？"高我重复道，"这就是一切。"

渐强的乐声是扩充的琴弦和轰鸣的鼓声，不是受伤的鸟儿！

在女人所有的作为中，这是最重要的——还有什么比这更重要呢？她却甚至没有相关的记忆。她转向高我，眼里带着疑问。

高我惊讶于不得不解释无条件的爱。爱一个小动物，爱整个人类，没有差别。爱就是爱；客体不是主体。没有什么比这更响亮或更有力了。"渐强的乐声意思为'生长'。你认为你为那只鸟儿的灵魂做了什么？以及为你自己的灵魂呢？"

鹩鹩一定比她的孩子还小，而爱是不受尺寸限制的。女人知道在女儿手中的感觉。曾经在女人的手里时，鹩鹩是否拥有同样的感觉？生命只是一系列成为母亲的过程，成为坠入你手中的事物之母的体验。她表现得多么奇怪啊，所有的岁月她都用于创造、养育、照顾她周围的一切——她的病人、她的母马、她的音乐——但同时她却在哭诉她没有孩子。

白雪之下有着动静，羽毛颤动，冰霜散开，露出一只鹩鹩。当然，它健康而完整。它一直如此。它的伤口只到骨头那么深，它的死亡只有一个身体那么深。鹩鹩其实不是一只鹩鹩，它是一个活生生的、呼吸着的关于悲悯的机会。即使在很小的时候，女孩就已知道将双手合成杯状小心翼翼地捧着它，让它保持温暖，保持生命力。我们都如此：我们只是伪装成人类，让彼此有行善的机会。

鹩鹩迅疾地往前、往后飞，形状模糊，看不出是一只鸟，栖息在母马背上。它的羽毛脱落了，它的喙后缩。鹩鹩曾经到

第十三课　渐强的乐声

过的地方,现在有了光,越变越大,越变越强,直到它遮住了冰、女人的双眸、天空。高我手势向下,光跟随她的信号,将自己压缩回那个小小的胸部,一个比太阳更大的生命压缩为火柴盒般大小的身体。

"不要将容器与它所盛载之物混淆。"高我说。

"渐强的乐声是力量的递增。"她继续道。

女人相信她已经抓住了力量的主题。她知道如何创造世界,如何控制世界。但这只是力量的显现,而不是力量的意义。

"变得更响亮,变得更安静,发现柔软中的力量:这些都是音乐的表达方式,它们也是打动听者的东西。美诞生于动态,"高我说,"力量有着自己的动态,它能够演奏得很有力,也能演奏得很柔软,尽可能地柔软。"

"柔软的力量?"女人咯咯地笑出声。

"是的,像蝴蝶一样。谁也不会期待它像爆竹。如果那样,它就不会是一只蝴蝶,它将会令它所栖息的花朵毁灭。然而,它内在的力量——接受黑暗的日子,知道这就是巨变发生前的日子;尊重翅膀变干的时间;当它所知道的一生只是爬行,却能抛弃过去的重担飞起来——比任何爆竹都更有爆破力。柔如此，胜过坚。"

"我知道我失去了力量，"女人说，"还有意志力。它粉碎了我的心。它抹平我的岁月。但我生命的力量还能在哪儿？我渺小地生活着，做着无人知晓的微不足道的事。一切毫无意义。"

"你看见鹡鸰了吗？它的精神不比容纳它的宇宙小。爱的冲动从来不弱于其他力量。你从未对你所爱的人敞开过心扉吗？你从未以你的音乐感动过一个病人吗？即使你从未做过任何别的事情，而只是对一只鹡鸰流露你的同情，这仍然是一个胜利。"

女人摇头。为了一只鸟的存在？

高我摇头。不，一个完全为了善良的存在。

"几十年的挣扎，几十年的努力生存，几十年的饮食、睡眠、流血、需求，几十年的火、冰、痛，所有的那些痛苦——所有的生活——如果只是为了你说的那些，这场生活是不值得的。"女人说。

"没有值得不值得。它只是它自己。"

"在那些日子里，当活着本身就是一个太重的负担，行善会不会更是负担？"她迟疑着该对谁说出这想法，如果不是对她自己。还是说，事实上，她才是她最难以倾诉这个想法的人？"而且，在那些日子里，当你的灵魂感到早已死去，你希望你的身体也是如此的时候呢？"

"你们的星球上，有数十亿扇门。为一个人打开一扇门。你

第十三课　渐强的乐声

不必写一首解除一切苦难的歌曲。一个音符就足够。"

善良是最大的力量，一切善良都是强大的。它是最伟大的表达方式，最嘹亮的生命。它的形式可能是一个装饰音，并不重要，转瞬即逝———只掠过的鹪鹩，一只放在门上的手——尽管它看起来微不足道，即使它立即从旋律和记忆中消失，它仍然是歌曲和灵魂的高潮。

往后退，女人告诉她自己——或者这是高我在言语？ 又有何差异？

没有鹪鹩。没有门。没有装饰音。只有对生命同胞痛苦的缓解。只有为这个原本爱会更少的世界增加一点爱。对一个人来说，这是多么美好的基础。一个回荡着成功的人生。

多么伟大的力量！

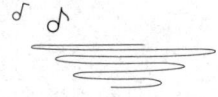

"渐强是音量的增加。"高我说。

在雪中，另一个场景，另一个维度。人们站在拥挤的人行道上，等着过马路，当云把自己的所有倾倒在人们的肩头，人们会感觉到冷。有人撑起伞。商人招呼一辆出租车，钻进车里去。他后面有两个孩子和他们那不断看表的爷爷。一辆汽车融入车流，试图在出租车前。你能让我进去吗？ 出租车司机按喇叫，不让。一颗糖的糖纸在地上舞蹈着，被风吹着。有人将一辆购物车放在了外面。一个母亲努力将婴儿推车推到拐角，想慢慢地把它从路边推到人行道上去。一个乞丐坐在旁边，叮叮当当地摇晃着他装有硬币的杯子，看着她。一只鸽子栖息在他旁边，在他的杯子里找食物。一个小女孩咬着她的热狗，取笑鸽子上下点头的滑稽动作。

"你听见什么？"高我问。

"没什么。"女人说。

"那就把音量调大。"

人行道、人群、风、雨。带着雨伞的人将雨伞高举在头上，为了也能给别人挡住雨。商人呼叫出租车，而且注意到他身后看时间的老人，推测他们一定很赶时间。他让这一家子走到他前面去坐出租车。一辆汽车想开到出租车前面。出租车司机挥手。到前面去吧。汽车司机也挥手，表示感谢。糖纸被捡起来，放到了垃圾箱，购物车被推回商店。母亲将婴儿车推到路边。乞丐冲过来，抬起婴儿车的底部，这样他们就能把婴儿车平缓地放到街上。举着雨伞的那个人见此便笑了。她往乞丐的杯子里放入一张钞票。钱并不多，但意味深长。乞丐说："祝福你。"她注视着他的眼睛，现在有两个人被祝福，但这里原来无人被祝福。鸽子栖息在男人身边，却发现他的杯子里无食物可觅。小女孩笑了，撕下一块面包，扔给鸽子。

第十三课　渐强的乐声

"大声些。"高我说。

人群,雨。有雨伞的女人将伞举过自己的头顶,为了给他人遮雨,为了让他们知道她爱他们。商人招呼了一辆出租车,注意到他身后看手表的老人。"我爱你。"他说,把出租车让给这个家庭。一辆汽车想开到出租车前面。出租车司机挥手让其开到前面,这是爱的另一种语言。有人将糖纸捡起放入垃圾桶,因为大家都爱地球;有人将购物车推回商店,因为大家爱店主。母亲推着婴儿车。乞丐抬起车轮。他们一起将婴儿车放到街上。乞丐对她说:"我爱你和你的孩子。"撑着雨伞的人看见这一幕,笑了。她走过来,将一张钞票投入他的杯子。钱并不多,但这是爱。他告诉她他爱她,她注视着他的眼睛,传递同样的语言。鸽子栖息在他身边,寻找爱的食粮。小女孩撕下一片面包,扔给鸽子。她的笑声,像所有的笑声,都是爱。这也许是她一生中最重要的瞬间。也许,只是一个开始。

女人不再需要后退或加大音量。她能听得很清楚:这些动作背后的音乐,不和谐背后的和谐。那消融一切痛苦的歌曲——它不仅仅是一首歌。它是一首交响曲。当她在自己悲痛和坚冰的森林里踉跄跌撞时,她捂住双耳,希望自己死去,希望自己失聪。但音乐从未停止演奏。她只是停止了聆听。

"渐强的乐声就是爱的增加。"她意识到。

高我点头道:"还有更好的让我们成长的方式吗?"

此岸,彼岸

第十四课　创作

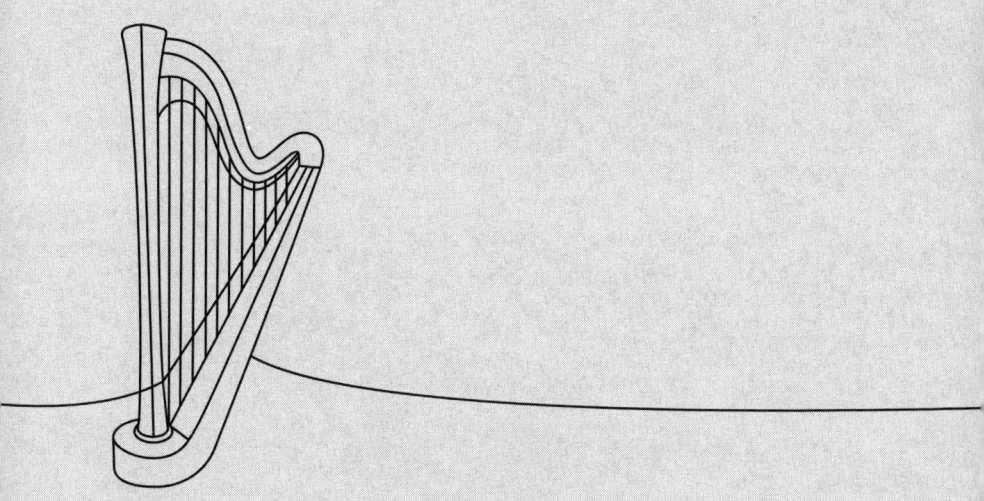

女人一直都专注于音乐该如何结束。这是一个错误的问题，音乐从未结束。问题应该是：它是如何开始的？

"早在这个身体存在之前，音乐就已经开始，"高我说，"所以，聆听音乐，你必须走出这个身体。"

"通过死亡？"

"那只是离开身体的方法之一，但不是唯一的方法。"

女人仰卧着，蜷缩在雪里。她屏住呼吸，舒展胸腔，让它自由。她将注意力集中于她的四肢、肌肉、器官上。然后，她让它们一一自由。她的身体抹去了自己。她没有了身体的轮廓。一个力量将她往下推。在她内心的最深处，一个记忆复苏，一个意识出现：这就是做莲花的感觉。她外在自我的根稳稳地固定在一个地方，而她内在的那个自我自由上升着，就像朝着太阳伸展的卷须。

一旦到了空中，她就像观察自己死去时一样，观察着地上的自己。这一次，她能看见生命的证据：颤动的眼睑，沿着脊柱而上的战栗。这一次，母马没有因为她不在而不安。在雪里，它睡在她身边，它的胸膛随着梦的节奏而起落。

至少她是这么认为的。她听见静谧的马嘶声。抬头往上看，

第十四课 创作

她发现母马趴在平流层上。它一直注视着她化为一朵莲花，在这个过程中，它被催眠了，它让自己的呼吸跟随着她的呼吸，于是，一旦她的灵魂跃出她的身体，它的灵魂也跃出自己的身体。忠诚和永恒不能被肉身阻碍，它们属于灵魂。

他们飘荡着，穿过彼此。母马不断地轻弹鬃毛、旋转着，让自己或里或外，运动和自由不再是孪生兄弟，而是合为一体。没有皮肤和物种的屏障。女人可以骑上马，或者在它里面，像它一样。他们彼此交融，成为一体，品尝着成为马的感觉，测试着成为人类的感觉。他们栖息在云端，沿云层而航行。一只鹰飞过母马，给母马留下了翅膀形状的洞。终于，母马能够飞了。

夕阳为他们涂上金光。阳光透过他们，折射到下面的世界，让它闪闪发光。当光在他们体内时，也是如此，尽管光很难被识别。身体密度大，而且不透明。身体像盾牌，包裹着，也遮挡着。除了眼睛——那是光泄漏出来的地方。眼睛真正的目的不是看外面的世界，而是为了看到人们的内心。

太阳没有死去，也不会死去。它没有消失。从女人现在所在的地方，她甚至能看见太阳没有落下。当人在地上，这只是视角的问题。

夜晚来临，她和母马前行着去迎接夜晚。母马是疾行在天空的一颗彗星，在行星间穿梭，它的尾巴在身后，像流动的溪流。地平线不是障碍,轻易就被母马掠过。女人珍惜速度与无限的感觉。几十年的爬行后,飞行是一种救赎。没有什么能阻止她,再也不能。

然而,出乎意料,她停住了:她看到她丈夫,他看着,等待着。

她无法相信她所看见的。是否有云彩掉进她眼里了?

"我一定是在睡眠中。"她说道,将她的怀疑置于梦中,正如她曾训练自己的那样。母马没有任何疑问。它奔向她丈夫,而且,在兴奋中,冲进了他。男人与母马合体。回家是愉悦的。他们的拥抱像宇宙般广阔,人马星座就在那里,天空明亮。

她的丈夫站在她面前,光彩夺目,容光焕发。因为太明亮,她不能直视他,但也不能移开自己的视线。她怎么曾经会认为一个着火的房子能毁掉他?这就像认为一只萤火虫能熄灭太阳。

他带着期待,发着光芒。一次又一次,他穿越各个维度,为了来到她身边,为了跨过门槛,回应她的呼唤。最终,她来到了他生活的地方。

母马体贴地从他身边走开,好让女人和她丈夫在一起。但是惊讶束缚着她，她无法移动。这么久以来，他对她而言，与其说是一个真实的存在，还不如说是存在的暗示。他是一个活在她记忆中的男人，一个萦绕于她熟睡的大脑中的幻象，是芜荑与丁香的痕迹。就像一个口技表演者，他以动物的声音、暴风雨的声音对她说话。像一个魔术师，当幕布升起时，他就消失于稀薄的空气中。每一次相遇都像魔术师的戏法。不过，她现在目睹的不再是幻觉。比起她曾经熟悉的他，现在的他更加真实——更加充满了生命力。

"你在这里。"她说。这既是个问题也是个答案。

他笑了："我还能在别的地方吗？"

他温暖的光芒包围着她。她感到自己可能会燃烧。"一直以来，我都在寻找你，"她说，"是否就像莲花一样呼与吸，然后我就将自己送入群星里，之后找到你？"

"找到我？"他说，"我丢失了吗？"

经历了多年的寒冷之后，他的温暖让她无法适应。她想起每一个痛苦的冬天，想起在坚冰中的生活。

"连同其他的一切，你一定听到了我所有关于失去的歌曲。它们不只是我自己的，"她说，"看看你自己被夺去了多少。"

"你因为我的沉默而哭泣。你为我未能成为一个父亲而哭泣。我甚至无法告诉你，告诉你我现在就是父亲。你认为是一个身体让我成为父亲和丈夫，爱源于血肉之躯，你是否想过反之才是真的?"

"但是你为什么离开一个能拥抱着我的世界?"

他是满月,沐浴着她,在她熟睡时披在她身上。每日清晨都问候她的雾在她肩膀上弯曲萦绕。夏天的热气,和她的皮肤分不开。"我的小鸟,"他说,"我从未让你离开过。"

当他拥抱她时,她消融了。她的记忆也开始解冻。

"不要吟唱失去之歌。那太悲伤了。为我唱一曲爱之歌吧。"他说道。当她触摸他的话语时,她发现都是光构成的。

她已经有一段时间没有用那个八度来唱歌了。一缕悲伤从她的歌声中散开,将他缠绕。"我已经忘却了太多了。"

"我记得。"他说。他和她彼此拥抱,彼此照耀着,飘向地球,穿越光年和多次生命,为了能倾听他们歌曲的开篇音符。

开始时,没有他和她。没有生命。什么都没有。只有空无一物的孤独。有着一首寂静的虚无之歌。声音震耳欲聋。歌曲如此长,如此悲伤,最后获得了听者的注意,因为仅仅唱出痛苦是不够的,它还必须被聆听。

回声传来,穿过虚空,在黑暗中寻找它的母亲,却没有意识到黑暗就是它的母亲。它们之间形成了纽带。

第十四课　创作

虚无，孕育并扩展着。里面的孩子生长得很快，发出的声音比淹没和遗忘更深沉，比静止更缓慢。在子宫的裂缝中，分娩之火开始燃烧。火就是家，是生命之源，而不是生命的终点。

虚无哭喊着，收缩并撕裂开来。这是痛苦的、歼灭一切的、暴力的，同时也是创造。所有母亲都有黑暗，否则，她们不能分娩出光明。诞生来自这样的痛苦。它既是某个事物，也是一切事物；是一个孩子，也是所有的孩子；是一个灵魂，也是所有的灵魂。

新诞生的灵魂睁开眼睛，高兴地发现自己已经有了身体。它的血液将变成河流，它的四肢将成为红杉树林，它的嘴将成为野兽，它的心将成为人类。它的眼睛将成为大海的泡沫，它的眉毛将成为波涛的浪尖。随着它胸膛的起伏，帝国也将随之起伏。吸一口气，女人将诞生；呼一口气，丈夫将诞生。他们像所有的恋人一样，同呼吸共命运。他们是自己，他们又是彼此，但他们又超越了自己和彼此，正如吸气和呼气只能被认作是一次呼吸的一部分，而且是呼吸者的一部分。呼吸之间没有差别；他们也不是他们。只有灵魂，那就是一切。

在准备好成为人之前，灵魂必须首先要生长。它仍然需要弄清楚它是谁，以及是什么，像所有的孩子一样。它需要一张画布来勾画自己，需要泥土来塑造自己，需要水的镜子来审视自己的脸。所以它融为泥土，凝固为坚硬的岩石，将脚趾沉入泥土中，感觉自己是陆地。这就是为何在一千年之后，相聚的恋人们会感到如此相连。他们再次经历他们曾是完美相融的一个整体，那时他们尚未被分割成遥遥相隔的半球，他们在用脚画出的拱形中，再创造出个人的盘古大地。他们头靠彼此的肩膀，十指相缠。这就是为何当他们的手指分开，双腿分开时，他们的空间相隔着大海，恋人们变为岛屿。这就是为何分离会有地震般的感觉。

灵魂用了很长的时间来探索它身体的地形，缓慢地、沉淀地前进。它不匆忙；山脉能够学习，像人类一样。但不是所有的岩石都喜欢静坐。灵魂那火焰的一面像流星一样冲向天空，然后失去固定点，从太空中滑落。闪电，毫不夸张，它给大地点燃生命的火花。地球沸腾了。它是远古时的一口大锅，只在童话中和狂热的状态下才能看见。它沸腾为黏稠的分子汤，在将来的某一天，分子建造为金字塔。

大地变化。它将自己塑造成大陆，然后是国家。它把自己分裂成碎片，同时让自己越来越多：从一个变为多个。

分子变化。原生动物出现，它有着梦幻般的运动冲动，并在进化的突然痉挛中推动着自己前进。氮和磷缔结纽带。铁流血了。钙结块了。氧气是呼吸的新鲜空气。

有机体变化。细胞的有丝分裂突然纵情地释放。原初细胞变为肝、角、胡须。灵魂蜷缩成蜗牛，伸展为蕨类植物。一个王国形成，恐龙们佩戴着王冠，但它们是过度使用牙齿的独裁者。大自然母亲（虚空之母）看见她的孩子恐龙所迷上的恶作剧，于是一把抓住恐龙的后颈，把它们放入鸟类的身体。这是惩罚？这是死亡？不。这些沉重的生物开始迅速升入天空。脸和前肢像拼图一样被重新设计排列，蛋在里面孵化，蜜蜂学着舞蹈。老虎生下虎斑猫，后来它们的家族就变得疏远。人类深深地注视着类人猿的眼睛，称呼它们为动物。

声音变化。腿变为手臂，膝盖和关节变直，随着开始的几步，节奏诞生。性是一首歌，一种断断续续、萦绕心头的低音声线，仿佛心跳、呼吸、身体穿过青草。一个猎手发现一只藏在树枝间的小鸟，为了将这只小鸟呼唤出来，他模仿出发情的召唤。猎手找到的不仅仅是一顿餐食，他找到了旋律。他的姐姐，将种子捣碎放在蛋糕里，发现了鼓。小鸟被食用，它的骨头被抛在一边。一个饥饿的孩子捡起这些骨头。她的嘴唇在骨头上找肉，她急切的呼吸填满了骨洞。她的饥饿突然有了声音，是尖锐的声音，周围的每个人都不得不聆听。她的笛子也发生了变化。它不仅学会了吹奏身体的饥饿，还学会了吹奏心灵的饥饿，吹奏悲痛、恐惧，还有别的让腹部空空如也的情愫。

语言变化。它发明了时间，并把时间分为各种时态。它将世界分为单数和复数，好像它们是反义词。它围绕灵魂，从每一个角度来审视它，无尽地探寻和发现它的名字。这些大胆的猜测一个接一个地堆积起来，创造出一本同义词词典。六边形。海星。朱红色。上帝。

灵魂变化了，比任何时候都变化得更大。它想知道所有的事物，成为所有的事物，因为那就是知道自己和成为自己。通过分裂，它成倍地增加：数十亿个身体承载着一个灵魂。它在老虎的轮廓中变换着颜色，渗透进纹路中。它在骨笛裸露的音符里留下条纹，它在协奏曲的背后上下跳跃、左右摇摆。它之所以是岩石，因为它以永恒为乐；它之所以变为人，是因为它不以永恒为乐。它是女人和她丈夫，它变成了女人和她丈夫。

女人变化。她的心也如此。她能看见它在自己的外面、前面——如此巨大、如此通透，因为它如此巨大，大得不可思议，以至于它仿佛不属于她，而是属于一头巨鲸。她原以为她的心应该更小、更紧、更红、更细。她为它的体积而惊讶。一直以来，她都生活在宅邸里，但她却从未离开过地下室。

但是我们太关注这一点了，太关注差异化了。好像石头、细胞、歌曲有不同，好像人类和分子有差异。好像他们不是一个灵魂在同一个时刻以无数种方式经历着同一个生活。好像进化的目的是发展出很多分支，而不是回归真一。好像联合不是源头和归宿、第一幕和最后一幕、分裂的原因和结果。

仿佛红木不是女人在体验树的生命，泡沫不是女人在体验大海的生命。仿佛雨雾不是她悬浮在水中的灵魂，日出也不是

第十四课　创作

她漫天的灵魂。仿佛她那朦胧的碎片没有融入银河；仿佛当她仰望星空的时候，她仰望的不是自己的反射。仿佛她的母马是一个独立的个体，而不是她短暂显现为母马的那部分。仿佛湖畔的老人、湖水本身、湖里的每一个生灵，她为其弹奏过音乐的所有病人，每一朵野花、每一只鹧鹚——都不会是她，而她也不是他们。仿佛她只是她自己，不是她女儿，也不是她丈夫。仿佛分离不仅仅只是一种感觉。

触摸他们中的一个，你就触摸了他们全部。

关于失去之歌，她是错误的。从来没有失去。当那个人就是你，你是不能失去他的。当你无所不在时，你不可能失去自己。当有着玻璃般眼睛的蓝色松鸦和那飞过田野的蓝色松鸦，以及叼着它们的猫，互为彼此时，当它们是同一个灵魂、处于同一个时间时，死亡意味着什么？更进一步说，生命意味着什么？她所知道的生命，只存在于她真正生命中很小的一部分。

关于爱之歌，她也错了。爱之歌不是你在找到另一个人时所唱的歌，而是当你找到你所缺失的你自己的很多碎片中的一片时，你所唱的歌。

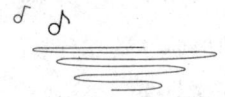

尽管如此，分裂也有乐趣，因为它能带来融合的快乐。从

一到多是一场巨大的冒险。当你是一，你不能发现你自己，没有必要——你已经在那里。你居住在家里的一间屋子里。当你变为多，就是爬过生命的丛林，爬过死亡的海洋，寻找你是谁。是从你所遇见的每个人身上，发现你灵魂中那未被见过的面孔，发现你心灵中那未知的空间。

　　重逢、再次联合是唯一比联合更甜蜜的快乐。所以女人和男人把自己藏在不同的身体里，在时间的长河中寻找自己。他们在沙漠中找到彼此，就像一片沙漠一样。他们彼此相爱，如苔藓、淤泥、丛林之火。像蒲公英和让它舞蹈的风。成为人类不是终结。他们将继续演变进化，无论以何种形式出现。也许，他们将完全没有形式。她将成为一种思想，而他将成为一种感觉。她将成为一个音符，他成为另一个音符，他们的女儿是第三个音符，他们将相互交缠，创造一个和弦，这是和谐的基础。

　　现在，她转向他。他伸手触摸她。他在她里面寻找她。他在她里面移动。再也没有什么能将他们分开，火已经烧光他所有的边界。他能够在她里面，永不离开；同时，他能在她外面，围绕着她。而她一直称这为失去？

　　他们抚摸着彼此的伤疤：在火焰灼伤皮肤的地方，在橡树撕开她的地方。他们如何能没有肉身而触碰彼此？他们使用他们曾拥有过的所有身体。

　　他是深紫红色的飞蛾，她是蜡烛。他用翅膀萦绕着她。离开她变成飞蛾，靠近她变成光。靠近她，离开她，吞没她。扑向光的飞蛾，消失的飞蛾，扑向光的飞蛾，消失的飞蛾。拍翅而飞，摇曳踉跄。他紧随她的光，她紧随他的翅膀。她将他点燃为火。现在，飞蛾就是光。

她是窗帘，他是将她前后吹动的微风。他是海洋般的空气，是助她航行的风浪。他将她推开，他又将她唤近。他逗弄她，将她举起，吹拂她。忽里忽外，忽里忽外。她漂浮着，没有重量，随着他潮水般的节奏。

他是蜂鸟，将鸟喙带给忍冬。靠近时，他吮吸她，消耗她。飞走，飞回，沉醉在她身上。他的一生，就是为这朵花。

她是河流，他是她流过的河床上的石头，每一个激流都是一个吻。

他是划破天空的闪电，她是他火焰后咆哮的雷声。他的嘶嘶声，她的呼喊声。

月亮在阴影中游泳，带着对热的渴望。太阳在它身后，包围它，点燃它。月亮融入太阳，融入令所有胆敢凝视它的人失明的灿烂。

琴弓压着小提琴，轻抚她的颈项，直到她放声歌唱。

彩色玻璃图案的蜻蜓在莲花的神坛前膜拜，满怀祈祷的狂喜。

颤动的白杨树，因轻微的触碰而颤动。

冰川前进着，后退着，触碰着冰，融化着冰。

纬纱，完全无力，将自己缠绕在经纱上。

丈夫和妻子，叹息着，渴望彼此能进入存在，离开存在。

灵魂在一起，灵魂又分开。自我反射，起死回生。电击身体，超越身体。差异不同，彼此联合。劈开与依附。分裂与加倍。分离与相聚。

分离。

然后相聚。

一次又一次。

没有时间。

没有结束。

这就是一切。

第十五课　终曲

身体只能盛装这么多日子，女人的日子不多了。所以，当她丈夫说"留下和我在一起"时，她很想答应。老年人通常拥有这个特权，溜出生活，溜入舒服的睡眠，不必也不需要再回到生活中。她有何必要将自己再次割裂而遭受分离，当她一直所追寻的是与他相聚？

"留在我身边吧，"他说，"这难道不是你想要的吗？"

这的确是她想要的。但她不能让她尚未谱写、尚未被聆听的爱之歌留在空中。她需要将最后一课传下去，而不只是接收。她必须教会灵魂什么是成为女人，什么是成为她自己。她必须告诉它她已经领悟的，这样灵魂也才能更了解自身。只有一种语言足以让她娓娓道来。

当她大声说出自己的决定时，她自己都很吃惊："我必须回去。"

所以再一次，第一百万次，他们分离了。当他的灵魂滑离她时，她颤抖着，空虚取代了他的位置。然而，没有什么可悲哀的。一次又一次，在洒满月光的床上，他无数次这样离开她。只是这一次，她不会再把分离当作永恒。

她招手示意母马过来。你准备好迎接最后一次骑行了吗？

母马知道女人已经不再需要它，它已经给予她一切它拥有的音乐。它马蹄嘚嘚，贯穿所有的季节。它马嘶的颤音，马尾断奏的抽打，它忠诚的固定音型。它的骨骼和她的一样衰老，

第十五课　终曲

而且它同样也可以选择放弃身体，或者让身体再次点燃。它不需要征得她的同意，但是它会问她，因为她从未被问过这样的问题。

"去吧。"她对它说，没有悲伤，没有那样巨大的悲伤。

有了她的允许，母马在光明中跳跃，有人称之为死亡。在她眼里，它又变成一匹小马驹。在她的整个旅程中，它一直陪伴在她身边。现在，它将开始自己的旅程。

"再见，朋友。"女人低语着，虽然母马已经走远了，它正在黑夜中狂奔。

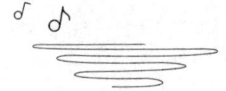

女人的身体躺在她离开的地方。几次莲花式的呼吸将她带回身体里面。她过了一会儿才重新获得方位感，就像人们从云端着陆时。她四顾寻找。这里有她的竖琴，有她的书。她的母马在那里，冰冷而僵硬。她顾盼着，看见枯树枝在风中笑着摇动，看见月亮悄悄滑过天空，在冰上洒下银色的影子。不，那是她的母马。

她用白雪和亲吻掩埋了它的身体。

她进入木屋，坐在桌边，打开《音乐课》。这是她的故事，这是她的乐谱。她能够重写，能够撕去每一页，坚持写华尔兹而不是安魂曲。她的生命和音符将不知晓悲哀。以大调或小调演奏音乐：这是作曲者的选择，而不是作品本身的选择。

她翻到空白书页，开始用声音填写空白。

她用手里的五线谱，将音符串联，将旋律编织。

高音谱号是卷曲的云烟。

音乐能够脱离时间而存在吗？为何不能呢？生命就可以。在拍号处，她只画了一个点。

生命是一堂课、一次练习、一个磨炼技能的地方？一场即兴演奏或编号乐曲？她写道：**严肃地演奏，认真地演奏**。但是用于演奏的东西不应该如此严肃。她如此修改：**强音演奏，很强**——用尽一只蝴蝶所有的力量。这也不太正确。她划去这两个指令，定稿为：**自由演奏，由演奏者自己决定**。

四个音符就足以谱写人类、猎鹰、杰作。这，也将是她的音阶。

这些段落攀缘上升至天空，然后坠落于黑色山洞。和弦是颠倒的，因为一切都是颠倒的。孩子死于内心，而不是活在外面。人化为灰。失去转为学习。

再次演奏这些段落。一次又一次。一次又一次。她已经让她的悲痛成为主旋律。这不是音乐，而是疯狂。她停顿了一下，继续写道：**接下来，别再弹奏**。

她的一生，充满了意外，和预想的往往不一样。一切都像是错误。她现在清醒了，一切都不会再这样了。她将一切意外都写入她的作品。悲伤压抑了灵魂。痛苦磨砺了心灵。她将它们变为自然音。音符衰落，正如身体。她允许这一切，知道在下一小节中它们将重生。

她大声唱出歌词。**小鸟，蓝鸟，为什么这么蓝？因为它吃了一个蓝色水果**。而且忘记了品尝它的甜蜜，女人责备自己。小鸟，难道你不知道这是水果的使命吗？

她将小鸟变为一只天鹅，它不会说话，直到它死去时才迸发出生命中无法言说的美。它的歌不是哀歌而是赞美诗。

为母马，她一次又一次谱写运动的旋律。

她曾恳求国王和王后让她丈夫复活，但最后真正让他复活的却是她自己。他出现在她谱写的每一乐章里。他在每一个乐句中栩栩如生。大火没有让他窒息，因为他将生命注入她体内，激发了每一个音符。她一直没有意识到，只有他们才能使自己不朽，面对艺术和爱，死亡根本是无力的。

她将岁月压缩成小节，将记忆整理成和弦。迷失在森林里的记忆，微弱的幽灵般的音符，能感觉到，但听不太到。时光之流中的节奏。悲悯的善行，包含在重复的音符中。**握住这个音符，永远握住它**。她衰老的、鲸般的、低沉的心跳。毒液流入体内时蜿蜒曲折的节奏。那蚂蚁般的生物狂暴的指挥，若是没有它，音乐早就已经结束——或永远不会开始。在母亲与星星之间的绳索上滑动的滑音。麻雀的旋律,是麻雀教会曾为武士的那个她如何将痛苦变为歌曲。上升的爱的琶音,更高,更高——啊!飞出乐谱的加线。天使与人类,天使与人类之间永恒的颤音。

最后,终结。其余的。**结束。**

仿佛如此是可能的!**从头弹奏到曲终,**她写道。**从头开始演奏。**

曾经,她没有名字。如今,她已经知道自己是谁。在最后一页,她挥洒着签上自己的名字:

咏叹调。

橡树。

高我。

一切。

她拾起竖琴。她的手中生出白光。光沿着五线谱延伸,将歌曲点燃。在她的触碰下,琴弦变得柔滑而松弛。一根一根地,它们从音板上掉落。深紫红色的飞蛾围绕着一棵不再哭泣的柳树飞行。她仍在弹奏。她不需要乐器,她自己就是乐器。

她体内的光弥漫开来,压在她身上。光太明亮了,以至于她的身体无法盛装。轻柔地,带着爱意,它让她的身体出现裂缝，将她释放。运动。自由。她飞上天空。声音和寂静不再有差异，音乐、飞蛾、人类也不再有差异。它们都只是她散落的碎片，都将归为一体。

温暖的夜空包围着它们。

它将一切拥抱入怀。

它低语着："欢迎回家。"

第十六课　重奏

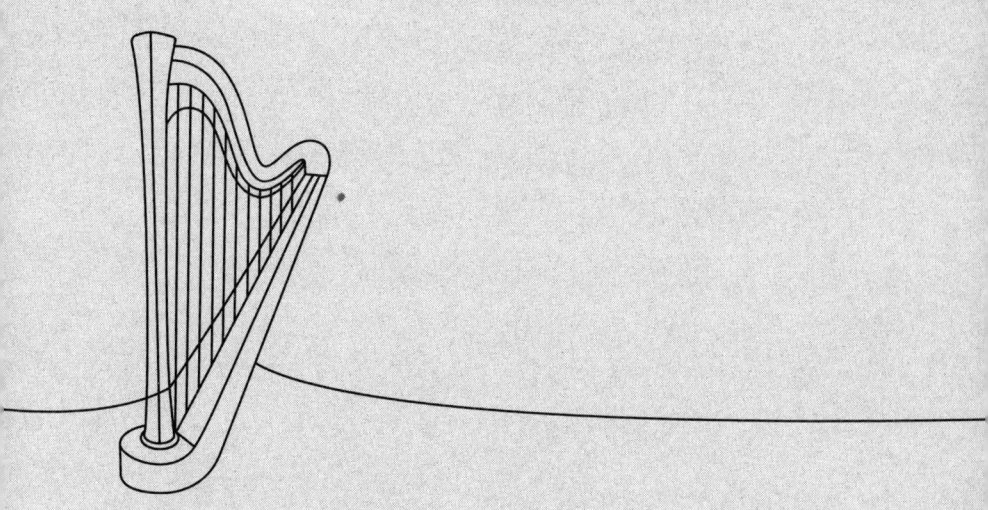

"你来了，我的小鸟。"

女人睁开眼睛。

她躺在时光湖畔，让自己变暖，让几十年的时光从翅膀上蒸发。

"你在这里。"她答道。这不再是一个问题。这和她眼前流淌的水一样清澈。她为何一直坚持将现实变为谜语？

她的丈夫微笑："我还能在别处吗？"

很远处传来声音，她听见那位老人在指挥某个迷失的灵魂，让他往更深的地方走。

一个潜水者划破时间深处的水花。

她女儿在水中和身体里玩耍，发出笑声。

轰隆隆的马蹄声在天空疾驰而过。母马终于追赶上了太阳。

几个世纪飘过女人和她的丈夫。昨日在微风中流逝。他们坐在永恒之神静静拍打的湖岸，看着一代又一代的人来来去去。

他的话语是掠过湖面的涟漪，在她耳边回响："你现在想做什么？"

这是他在梦中问她的问题。她在做梦吗？

不。她醒着。

她说："我想成长。"

"接下来，我们该如何相爱？"他问，"作为红树林，作为峡谷，作为同伴？让我们成为孪生兄弟，或是双生火焰。或者，

第十六课　重奏

你成为一只牡蛎，我成为你壳中发光的珍珠。"

"让我们成为这一切。"她告诉他，因为这些只是呼唤自己的不同名字，一张面容的不同镜子，"成为每一样事物。"

"我将成为医生，用我的触摸把你救活。"

"我也将如此。"她说。

"我们可以生活在战争中。"

"如果那样，我们将学会很多。"

"或生活在玫瑰和毛茛之间。"

"对，是那样。"

在世界的某个地方，两个灵魂相互缠绕，呼唤着她，谱写着她身体的琴弦、心脏的跳动。声音将她带到湖边。

身为人类是什么感觉？这就像试图回忆她孩提时代一个梦境的细节。在远方，四个音符开始演奏，最初声音微弱，而后像薄雾一样沿着湖泊滚动弥漫。一个亘古熟悉的声音在她心中回响，那是大脑忘却了而骨骼仍然记得的旋律。

她的丈夫站在她身边，着迷于他自己的主题音乐。

时光呼唤她靠近，邀请她进入。

她曾问过自己为何愿意进入时光之湖。

这是她的回答：为了音乐，为了美妙的音乐。

为了一个机会，在那短暂而激动人心的时刻，成为一首歌。

在湖的中心，他们的女儿向他们招手。

此岸，彼岸

来吧。水特别好。

她的丈夫伸手去扶她,"我们一起潜水?"

他是我的老师,他是我的邻里,他是我的姐妹,他是我的丈夫,他是我的妻子,他是我的孩子,他是我自己。

"我们一直一起潜水。"她说。

他们朝前又迈了一步。

他转向她,最后看了一眼她的光芒。"来找我吧,"他说,"为我唱一首爱之歌。"

好像还有别的歌曲似的。女人笑了。

于是,她跳跃着,放手了。

读者指南

1.此小说开篇于灵魂在人出生前对生命的计划和安排。他们在生命中的某一处,选择成为丈夫和妻子,以及拥有某些经历。你是否相信在出生之前就会有如此的安排?

2.思考你生命中重要的人。你们的灵魂是否在你们此生开始前就已相遇,并达成了某种协议?这些人出现在你的生命中会教给你什么?你为什么会希望他们成为你生命中的一部分?你的答案是否取决于某人对你有积极或是消极的影响?如果你为了学习和成长而选择和这些人互动,是否会存在被称作"消极"的影响?

3.尽管女人在此生开始之前已经做了计划,但她表示这些计划能被改变。你如何看待自由意志?它如何与命运互动?它们是否都存在?它们能否同时存在?它们中的一个是否比另一个更强大?如果是,哪一个更强大?

4.人类和动物之间存在强有力的联系,无论野生还是家养的动物。母马本能地知道女人的感情和想法。你觉得你生活中的动物或宠物是否具有同样的能力? 它们教会了你什么?是否存在关于你自己的某些方面，多亏有了它们，你才获得了解？如果没有它们，你将永远不知道。在哪些方面，动物的意识比人类的意识更有限？在哪些方面，动物的意识比人类的意识更宽广？

5.你是否感到过已经死去的某个人就在你身边？你对此有何感觉？你是否相信已经死去的人还能在你身边？你认为他们离你有多近？

6.老人告诉女人"地球开启了善意"。在你的生命中，是否有人给予你或大或小的善良之举并让你深深感动？这善良之举如何改变了你的生活、你的想法以及你的情感？

7.你如何看待平行宇宙？它们存在吗？我们是否和它们有联系？在平行宇宙中，你的生活是什么样子的？

8.你认为你死后会发生什么？

9.你是否相信你创造了你的现实？在何种程度上，你的思想、信仰、欲望和情感创造你的现实？你的外在现实是如何反映你的内在状态的？何时改变一个，另一个也会改变？

10.女人学习到，她生命中最重要的瞬间是她已经忘记的一次善行。如果用善心，而非财富、头衔和成就来衡量人的一生，一切会怎样？你关于成功人生的定义会如何改变？按照这个定义，你认为自己是成功人士吗？为了变得更成功，你会做些什么呢？

11.思考一个场景,当你对一个人、一个动物、一株植物展示无条件的爱,即使很短暂,想象一下对方接收你的爱时的感觉。它是如何帮助了一个人、一个动物、一株植物的灵魂?这又如何帮助了你自己的灵魂?

12.如果你的生命是一首歌,它会是一首什么样的歌(一首流行歌、蓝调还是古典交响乐,等等)?它听起来是怎样的?如果你愿意,你能否把它改为另一首不同的歌?你想改为什么呢?会有什么歌词? 谁谱写你的歌曲?

致　谢

　　感谢每一位 Hay House 的成员，谢谢你们如此温暖地邀请我进入你们的家庭。我深深地感谢每一位为此书有所付出的人。谢谢萨莉·梅森-斯瓦布、斯塔西·霍洛维茨，还有莫莉·兰格。帕蒂·吉夫特，你是绝妙的编辑、朋友和老师。你向我展示什么是温柔、耐心、亲切、宽厚。你塑造了这本书，也通过这本书塑造了我。雷德·特蕾西，感谢你的远见、你的信任，感谢你为此书冒险。我的世界因你的仁慈而改变。

　　马西米利亚诺·昂加罗，但愿所有的作者都能拥有像你一样特别的首位读者，一个用心灵来阅读的读者。谢谢你帮助我成长。瑞秋·沙利文，感谢你深思熟虑的修改。金伯利·克拉克·夏普，谢谢你的智慧。戴夫·布里克，感谢你的艺术之美。

　　我的家庭和朋友们是我写作过程中最大的支持。特别感谢乔丹·韦斯、达拉·吉德曼、珍妮弗·威廉姆斯、吉尔·科恩、莉迪亚·格伦斯特拉和瓦妮莎·贝尼特斯。

　　施尼茨勒，我创作每一个字时，你都在我身边，不倦地教给我爱和忠诚。

最后，我要感谢我那不可思议的父母。如果没有他们，就不可能有这本书。你们的慷慨、鼓励和支持像宇宙一样无限。我永远感激你们。你们给了我四万年的爱——甚至更多。

CRESCENDO

Copyright © 2017 by Amy Weiss

Originally published in 2017 by Hay House Inc. USA

版权所有，翻印必究。

北京市版权局著作权登记号：图字 01-2021-4251号

图书在版编目（CIP）数据

此岸，彼岸 /（美）艾米·魏斯（Amy Weiss）著；徐怀静译. -- 北京：华夏出版社有限公司，2025.1

书名原文：Crescendo

ISBN 978-7-5222-0517-5

Ⅰ.①此… Ⅱ.①艾… ②徐… Ⅲ.①长篇小说 – 美国 – 现代 Ⅳ.①I712.45

中国国家版本馆CIP数据核字(2023)第113929号

此岸，彼岸

作　　者	[美] 艾米·魏斯
译　　者	徐怀静
责任编辑	王秋实

出版发行	华夏出版社有限公司
经　　销	新华书店
印　　刷	三河市少明印务有限公司
装　　订	三河市少明印务有限公司
版　　次	2025年1月北京第1版　2025年1月北京第1次印刷
开　　本	880×1230　1/32开
印　　张	7
字　　数	130千字
定　　价	59.00元

华夏出版社有限公司 网址：www.hxph.com.cn 地址：北京市东直门外香河园北里4号 邮编：100028
若发现本版图书有印装质量问题，请与我社营销中心联系调换。电话：（010）64663331（转）